哈佛經濟學家
推理系列

美國百所大學經濟系
指定課外讀物

致命的均衡

The Fatal Equilibrium

馬歇爾・傑逢斯——著

MARSHALL JEVONS

譯——葛窈君

經濟趨勢 16

致命的均衡：哈佛經濟學家推理系列

作　　者　馬歇爾．傑逢斯（Marshall Jevons）
譯　　者　葛窈君
責任編輯　林博華
行銷業務　劉順眾、顏宏紋、李君宜

總 編 輯　林博華
發 行 人　涂玉雲
出　　版　經濟新潮社
104台北市中山區民生東路二段141號5樓
電話：(02) 2500-7696　傳真：(02) 2500-1955
經濟新潮社部落格：http://ecocite.pixnet.net
發　　行　英屬蓋曼群島商家庭傳媒股份有限公司城邦分公司
104台北市中山區民生東路二段141號11樓
客服服務專線：02-25007718；25007719
24小時傳真專線：02-25001990；25001991
服務時間：週一至週五上午09:30~12:00；下午13:30~17:00
劃撥帳號：19863813　戶名：書虫股份有限公司
讀者服務信箱：service@readingclub.com.tw
香港發行所　城邦（香港）出版集團有限公司
香港灣仔駱克道193號東超商業中心1樓
電話：(852) 25086231　傳真：(852) 25789337
E-mail: hkcite@biznetvigator.com
馬新發行所　城邦（馬新）出版集團 Cite (M) Sdn Bhd
41, Jalan Radin Anum, Bandar Baru Sri Petaling,
57000 Kuala Lumpur, Malaysia.
電話：(603) 90578822　傳真：(603) 90576622
E-mail: cite@cite.com.my
印　　刷　宏玖國際有限公司
初版一刷　2006年3月1日
二版一刷　2016年6月7日

城邦讀書花園
www.cite.com.tw

ISBN：978-986-6031-87-8

售價：300元

Printed in Taiwan

〔出版緣起〕

快樂學經濟的方法──談談經濟小說

林博華

一般市面上的經濟學書籍，大多是照本宣科、或者強調嚴謹的邏輯思考，當然，這符合這門學科的要求，然而經濟學始終有進入的門檻，使得「經濟」常被學生們戲稱為「經常忘記」！

然而這一套「哈佛經濟學家推理系列」，宛如天外飛來一筆，而且一次三本！是運用推理小說形式所寫的經濟學小說。其作者馬歇爾．傑逢斯（Marshall Jevons）是筆名，源自兩位知名的經濟學家：馬歇爾（Alfred Marshall）以及傑逢斯（W. S. Jevons）。而真正的作者，是兩位美國當代的經濟學家，他們以推理小說的形式，夾帶了「文以載道」的經濟學觀念，於一九七八年推出了第一本經濟學推理小說《邊際謀殺》（*Murder at the Margin*），該書一炮而紅，受到經濟學界以及小說迷的關注。兩位作者再接再厲，一九八五年出版了《致命的均衡》（*The Fatal Equilibrium*），而後一九九五年出版《奪命曲線》（*A Deadly Indifference*），都頗獲好評。

這三部小說共同的主角是哈佛大學的經濟系教授亨利．史匹曼（Henry Spearman），他在書中將遭遇到離奇的兇殺案件，然後他運用經濟學的常識推理，漂亮破案。然而，這些小說並非著重在謀殺案的血腥，反而花費相當的篇幅來描述一位經濟學家在日常生活中如何觀察，充分體現馬歇爾曾說的，經濟學是「對人類日常生活的研究」。因此在作者筆下，關於日常生活的經濟分析隨處可見，藉以突顯經濟學家看事情的方法有何不同，並回到日常生活中印證這些經濟學概念。因此在書中我們會看到供給需求、機會成本、消費者剩餘、邊際效用等等概念的日常意義。

另外值得一提的是，該書主角史匹曼，在書中被描述成一個猶太裔、五短身材、頭頂微禿、固執、時常皺眉深思的樣子，一般評論都說他應該是以知名經濟學家米爾頓・傅利曼（Milton Friedman）為原型，只不過有一點不同：傅利曼是在芝加哥大學任教，不是在哈佛。而傅利曼本人也對《致命的均衡》一書讚譽有加，惟並未對此傳聞多做說明。

話說回來，經濟學家想要用小說來談經濟學，除了以上這三本之外還有後繼者。羅素・羅伯茲（Russell Roberts）所寫的《貿易的故事》（經濟新潮社出版）於一九九四年在美初版，獲得巨大迴響，這本小說主要是讓十九世紀的偉大經濟學家李嘉圖（David Ricardo）重返人間，並著墨自由貿易與保護主義的利弊，想要了解國際貿易原理的讀者，這是最佳入門書。之後羅伯茲還寫了《愛上經濟》（經濟新潮社出版），藉由一個愛情故事的外衣，讓一男一女在日常生活中不斷辯論經濟問題，而且男主角是教經濟的老師，教學方法極生動有趣，有助於激發學生的思考；近年來，羅伯茲還寫了《價格的祕密》（經濟新潮社出版），來闡釋價格機能，並提及經濟學家海耶克的思想。另外還有強納森．懷特（Jonathan B. Wight）寫了一本小說《搶救亞當斯密》（經濟新潮社出版），讓現代經濟學之父亞當．斯密還魂於世間，駁斥人們只知道《國富論》裡頭「看不見的手」，卻不知道他所關注的是人類幸福與道德的根源，藉以還原亞當斯密的完整面貌。

二〇一五年，台灣作家林睿奇發表了《肯恩斯城邦：穿越時空的經濟學之旅》（經濟新潮社出版），藉由奇幻的場景，引出「肯恩斯城邦」這樣的平行世界，各個城邦的合縱連橫與競爭，衍生出經濟、貨幣政策的衝突與危機，如何解決？對照全球經濟近年來的起伏震盪、與重大金融事件，別有一番滋味。

根據香港《信報》林行止先生在〈奇案中的經濟學〉文中所述，「《貿易的故事》在美國已是九十五所大專院校的指定課外讀物，《愛上經濟》也有二十五家大學採用，而《邊際謀殺》已打進四百家以上的學府。」可以說，隨著現代人和商業世界的關係日趨緊密，如何在紛擾的世界中找到自己的立場，應是重要之事，而經濟學的幫助非常大。經濟學的小說由淺入深，先從一個情境、一個日常生活的場景開始，可激發讀者的興趣和好奇心，即使是熟悉經濟學的老鳥，如果從嚴謹的原理和分析中跳脫出來，回到日常生活中的「人」身上去揣摩，轉換一下角度，說不定會有意想不到的收穫。

（本文作者為經濟新潮社總編輯）

〔導讀〕

均衡若不傾斜，豈會致命？

劉瑞華

亞瑟・米勒（Arthur Miller）的劇本《推銷員之死》（*The Death of a Salesman*）裏，垂老的推銷員面對著充滿疏離感的一生，絕望地走向生命的盡頭，表現了對資本主義市場文明的控訴。絕大多數的經濟學家可能會對一個推銷員的死亡顯得無動於衷，不過如果死的是一個經濟學家，而且是哈佛大學的經濟學家，會引起什麼樣的省思呢？

今日學術圈裏的競爭與壓力到了讓人「拼命」的地步，已經成為不少小說或劇本的題材。口服避孕藥發明人翟若適（Carl Djerassi）寫過幾本這方面題材的小說，在台灣有中譯本，喜歡閱讀的人應該不陌生。《致命的均衡》裏學術界的鬥爭竟然成了謀殺的背景，而死者們都是哈佛大學的學者，其中包括一位經濟學系的年輕同事。本書的作者Marshall Jevons是兩位美國經濟學家的筆名，他們至今合寫了三本懸疑小說，主人翁都是哈佛大學經濟學系教授亨利・史匹曼（Henry Spearman）。經濟學家寫的懸疑小說當然會在情節裏安排一些經濟學的知識，而且史匹曼教授照舊會運用經濟學的推理破案，然而這本小說最特別之處是隱含了對學術界的控訴。

尋找兇手的懸疑小說裏最重要的元素就是殺人的動機，被害人經常有各種讓人想殺他的理由，愛情、仇恨、名譽，甚至學術偏見都是可能的動機，這本小說安排得面面俱到。像錢財這種庸俗的動機老練的懸疑小說家通常是不屑一顧的，經濟學家會不會特別著墨一番呢？這讓讀者自己去發掘。不過，史匹曼教授破案所根據的經濟學推理可不是簡單拼湊的理論，而是蠻深奧的見解，這是Marshall Jevons所寫小說的精華，也是為何他們的幾本小說會被一些經濟學課程列為參考讀物的原因。就算你看完最後一頁知道兇手是誰了，可能還會翻回前文，看看史匹曼教授在書裏面說了些什麼。

看完本書，闔上書本，讓人深思的是為何學術圈會發生這樣的罪惡。研究計畫、出版論文、升等審查，這些外人難以理解的要求把知識工作變成了業績數字，「出版或毀滅」（publish or perish）的壓力讓學者不得不跟著學術殿堂裏的階梯往上爬，「升等委員會」可以把一個助教授的小命捏在手裏，有人自殺或者謀殺似乎並不奇怪。願意花時間來寫小說的學者即使願意妥協，而且能夠在美國的知名大學裏任教，卻並不認同學術界裏扭曲人性價值的現象，本書的書名顯然是對學術圈制度的指控。聰明的史匹曼教授可以找出兇手，卻無法打破「致命的均衡」。

「均衡」是經濟學從物理學借來的詞彙，指的是各種影響的力量互相抵銷所呈現的狀態。即使一種制度發展成足以「致命」的罪惡，只要各方的作用力相當，還是會存在，甚至可以持久穩定，而且還會成為模範。台灣的學術界不斷在模仿美國的制度，是好是壞，當然見仁見智。當模仿成功之後，必然有人出版，也有人毀滅，也許還有人會因出版而毀滅。

（本文作者為國立清華大學經濟學系教授）

目次

書中重要人物表

丹尼斯・高森	經濟系助教授
亨利・史匹曼	經濟系教授
丹頓・克萊格	文理學院院長
墨利森・貝爾	數學系教授
佛斯特・巴瑞	古典文學系教授
瓦蕾蕊・唐席格	心理系教授
奧立佛・吳	社會學系教授
李奧納・柯斯特	經濟系主任
喀爾文・韋伯	英文系教授
蘇菲・尤斯提諾夫	有機化學系教授

到底什麼是米？
我知道什麼是米嗎？
我怎麼知道誰應該知道？
我不知道什麼是米。
我只知道米的價格。

到底什麼是棉？
我知道什麼是棉嗎？
我怎麼知道誰應該知道？
我不知道什麼是棉。
我只知道棉的價格。

到底什麼是人？
我知道什麼是人嗎？
我怎麼知道誰應該知道？
我不知道什麼是人。
我只知道人的價格。

——布萊希特（Bertolt Brecht），
摘自〈商品之歌〉（The Song of Commodity）

案發預述

一月十日，星期四

一只小型針筒躺在紫檀木書桌的正中央，柔和的桌燈是唯一光源，照亮了針筒周圍，幾支自來水筆和拆信刀、一只放大鏡、各式各樣的迴紋針、文件夾、橡皮擦、鑷子，圍繞著這塊清出來放置半透明針筒的空間。紫檀木桌面光可鑑人，紅中帶黑的條紋與放在上面的針筒一點也不協調。事實上，這樣東西根本與整個房間格格不入。

書桌下鋪了條地毯，邊緣裝飾著褐紫紅色的絨線，同色系的深色窗簾環抱兩扇俯瞰街道的大窗戶，窗台上放著深紫紅色的絲質靠墊，和角落的布沙發顏色相稱。壁爐裏柴火燃燒著，在奶油色的壁紙上投下了灰色的陰影，幾乎掩蓋了上面鑲著淡淡金邊的鳶尾花圖樣；大理石的壁爐架上，一組玻璃動物馬戲團冷冷地看著書桌前動也不動的人影。幾分鐘過去了。現在針筒夾在主人的指間，活塞緩緩地、不慌不忙地向後拉，小小的筒子裏吸進了五西西透明無色的液體，沉重的呼吸是房內唯一的聲響。

接著，空了的藥水瓶被塞進抽屜深處，埋沒在雜七雜八的用品中；將針筒舉至與視線同高，對著檯燈的光檢視。刻度顯示裏面的液體足以達到想要的結果。

「真蠢，只能這麼說。而且頑固透頂。本來大可不必這樣的。」但一切已成定局。今晚安排好了一連串必要的行動，為此事劃上休止符。時間已是深夜快十一點。今天是一月十日，正好在一個月前，原本安全無虞的世界開始受到了侵擾。喀什米爾圍巾和厚重的外套披上了身，準備踏上這段寒冷的路程。一切都已經過事先排練。

人影下了樓來到前廳，壁爐裏的火無人照管，逐漸轉弱。在門口立燈的光暈中，最後最重要的動作完成了。從大衣口袋掏出來的，是一雙鬆垮垮的棉質手套；在這個寒冷的新英格蘭雪夜中顯然不夠保暖。

左手戴上了手套，然後將針筒小心翼翼地塞進食指和手套布料的間隙中，再仔細調整針頭的位置，稍稍突出手套尖端的接縫，針頭輕易穿透了棉布。現在只要一個動作，一個練習過好幾次的動作，就可以大功告成了。掌心向前一推，滑動的活塞自會完成任務。

哈佛大部分的年輕教師都想住在劍橋區。這是北美最負盛名的學術中心，散發著濃厚的知性氣息，相形之下，波士頓郊區的住宅社區便黯然失色。劍橋不僅坐享哈佛和ＭＩＴ的圖書館以及其他許多學術資源，各種商店、餐館、書店更是琳瑯滿目，唯有各式各樣不勝枚舉的文化活動能與之抗衡：演講、表演藝術活動、展覽，整個學期如跑馬燈一般輪番上陣。

在這個城市生活所費不貲。位於大學西北的獨棟寬敞住宅，幾乎全由資深教員獨佔。至於阮囊羞澀、漂泊不定的助教授，東邊的公寓和連棟住宅則是常見的歸宿。

丹尼斯・高森覺得自己很幸運，能夠住在這樣一戶公寓裏，從五年前抵達哈佛的第一天起，這兒就是他的家。雖然即將離開這裏，但他早已拋開感傷的心情。這是個值得期待的時刻。他從沒懷疑過自己在哈佛留任的資格，但此刻，他知道手中的信封將證實他的留任。院長很體貼，只要「教授升等與終身職評鑑委員會」（簡稱「教評會」）審議的結果通過校長室核准，一定會在當天通知每一位候選人，不管結果出爐的時間有多晚。這個重大的消息由專人遞送，高森剛收到通知，但不急著打開，而是好整以暇地冥想著信裏的內容。耗費了多年努力才爬到這兒，是該花點時間好好品味這一刻。信可以晚點再拆。

儘管在工作上早已融入哈佛這個環境，但在外表上，高森卻與哈佛大部分教師有顯著的差異。三十多歲的他生得一副娃娃臉，體格瘦小，舉止散發年輕朝氣，曬成棕色的肌膚使他更顯年輕，雖然歷經麻州五個寒冬的洗禮，膚色仍未消褪。他連穿著都依然維持加州的風格，不像劍橋年輕學者的服裝多是一片灰黃，因此在其中特別醒目，形成鮮明的對比。高森大學主修化學，大四之前沒有修過任何經濟學的課程；但之後，化學成了閒暇時的嗜好，經濟學才是他的天職。雖然大學時代接受的經濟學訓練貧乏，但五年前高森已成為史丹佛最頂尖的經濟學研究生，而且是那一年就業市場上炙手可熱的風雲人物。哈佛對他的召喚無可抗拒。

但這並不表示接受哈佛的職缺是個完美的選擇。其他機構為了延攬他，開出了更優渥的薪資條件。他還聽說，哈佛的助教授要獲得升等或留任，機會非常渺茫；如果資深教師開出空缺，哈佛會向全國搜尋這個領域中位居翹楚的學者，因此，哈佛的年輕教員不光是要和哈佛的同事競爭，還要和校外享有盛名的世界級學者競爭。高森知道自己是這塊料。他相信，其他助教授，不管是校內或校外，在學術研究上沒有一個是他的對手；他所發表的作品，已經穩紮穩打地建立起他在這個領域的地位。

高森為自己開拓的利基，是晚進崛起的資訊經濟學領域。這個領域的研究起源於芝加哥大學，已影響到各方面的重要研究。資訊理論原本關切的是消費者和勞工如何搜尋及獲得必要資訊，完成交易的過程；歸根究底，交易仍是經濟學的終極主題：買方與賣方互相尋覓，交換商品與服務。高森和同樣從事交易成本分析的研究者醉心於探索此種雙方尋覓的過程，希望能夠建立經濟模型。令許多經濟學家感到意外的是，資訊經濟學對傳統研究方式產生了極富啟發性的影響，包括產品品質、期貨市場、失業政策、廣告所扮演的角色，以及其他經濟學問題等。

以往，許多經濟學家在建構經濟模型時，把資訊成本視為零。但現在，經濟學家已認定資訊是一項有用的商品，和鑽床或一罐玉米一樣，可以給予持有者某種價值：在此即為知識。經濟學家認為，資訊和任何商品一樣，只要資訊的價值高於獲取資訊所需的成本，人們就會去收集資訊。

高森的研究重心在勞動市場，在此所追求的資訊是，是否有更高薪的工作。很顯然的，尋找更高薪的工作時，所需付出的成本為時間、勞力，以及耗費的心思精神，但高森在其中發現了一個不那麼顯而易見的結果。

如同高森在課堂上所述，當學生開始找第一份工作時，如果在尋找的行業裏面，不同雇主對同樣工作內容所提供的薪資差異很大，那麼他們會發現，花更多時間、更努力地找工作比較有利。為什麼？因為他們知道，下一次面談可能獲得比上一次面談更優渥的薪資。如果雇主提供的薪資都差不多，那麼跟薪資差異大的行業比起來，下一次面談薪水提高的機會便相對較小。而由於在這兩種情況下，搜尋的成本是一樣的，所以在薪資差異大的行業中，勞動人口會花更長的時間找工作。如此說來，哪一種行業的失業問題最嚴重？高森的結論是，薪資差異大的行業失業問題會最嚴重，他所收集的數據也顯示他是正確的。

高森擅長收集統計數字，並透過經濟理論的透鏡詮釋這些數字，這種能力深受同事敬佩，研究生也常來向他討教，希望學習這方面的才能好完成博士論文。他的研究成果非常豐碩。

在將近二十年的學生生涯中，高森早已習慣坐在靠近教室後面的位置，所以剛開始踏上講台的時候，他的教學曾經遭遇一些挫折。但如今，他所指導的研究生資訊經濟專題成了熱門課程，他在大學部教授的經濟學原理課程也廣受好評。

他來到劍橋，還有另一件值得高興的事。她的名字是梅麗莎。梅麗莎•雪儂。想到這個名字就讓他變得溫柔起來。某天晚上他帶另一位教師去看戲，透過別人介紹認識了她。從那一天起，他的心裏便再也容不下其他人。

梅麗莎和哈佛沒有關係，這也是讓高森鍾情的一個原因。他們在一起的時候，高森可以把工作放到一邊，不需要時時刻刻提高警覺，保持頭腦清醒靈活，以免任何一句話洩露出不夠嚴密的邏輯思考，或顯露腦內儲存的知識不足。梅麗莎是溫暖的避風港，讓高森能夠暫時遠離這一切。六個月前，他向梅麗莎求婚，之後歷經幾番波折，梅麗莎數次搖擺不定，最近終於首肯了。

這位年輕的經濟學者從椅子上起身，走過這棟法雅街公寓鋪設的硬木地板，走進了小廚房。他打開水槽旁的一個櫥櫃，裏面收藏了一點蘇格蘭威士忌、雪莉酒、伏特加。他想他的訪客說不定會想和他乾一杯；他迫不及待地期待著這次深夜的會面。他們之前相處的並不算太好，但是現在，他說服自己，一切都過去了。

他拿了兩個玻璃杯走進客廳，把杯子放在一張小咖啡桌上，桌子後方的躺椅用的是早已過時的布料。他帶著不屑環視這戶公寓附帶的其他家具，唯一能夠讓他覺得有點驕傲的，是一張巴塞隆納椅，椅子優雅的線條和周遭形成尖銳的對比。這是他父母送的大學畢業禮物，他們倆都是聖塔芭芭拉的建築師，深信巴塞隆納椅的存在便是保證前衛的正字標記。

高森踱到客廳最遠的一端，巴塞隆納椅就安置在那個角落，在公寓入口的對角線上。他從身旁的牆架上隨意取下一本書，安坐於黑色皮革和鉻金屬組成的奢華享受中。他意興闌珊地翻著書，目光四處遊移，突然定格於掛在東牆的一張海報，那是國家美術館為羅丹展設計的海報，上面是〈地獄之門〉的一部分細節。高森想起了但丁的地獄入口處銘刻：「入此門者希望永絕。」他不禁暗忖，對於大部分踏進哈佛擔任助教授的人來說，這句警語也很合用。

對其他年輕教師來說，棄絕在哈佛升遷的希望沒什麼大不了，在理智上高森也知道，沒有獲得續聘並不是什麼丟臉的事，事實上，有許多學術機構爭相招募將要離開哈佛的教員；但在情感上，如果這成了高森的第一次失敗，他會覺得顏面盡失。他希望保住哈佛教授的地位，就算要離開劍橋，也要是出於自願。

棉手套緊握著扶手，緩緩向上。走廊上僅聞呼吸聲，因為剛剛在雪中行走有些吃力，使得呼吸較平常更沉重，而現在，劍橋的街道與人行道都已覆滿了白雪；幾分鐘前開始，雪越下越大，使得步行更加困難。

向上，向上，慢慢向上，然後是一陣遲疑。回頭猶未晚矣，不可挽回的事還沒有發生。從記憶最深的深處，浮現了一首殘缺不全的詩篇。

在想法
與現實之間
在意向
與行動之間
落下了陰影

樓梯頂端天花板上的燈光昏暗，灰黑的走廊幫助藏匿了左手手套的特殊機關。這隻手受到嚴密的保護，緊貼著身體；右手則堅定地緊握樓梯扶手。

在構思
與創造之間
在情感
與反應之間
落下了陰影

樓梯上的人影突然止步。公寓第一層的一扇門微啟，從樓梯間可以看到有一隻眼睛朝門外張望，門鍊仍掛在門上。「有人嗎？」陰影中沒有傳來任何回答。

門又倉促地闔上，在樓梯這兒都聽得到安全門栓上鎖的喀嚓聲。

眼睛不在這裏
這裏沒有眼睛
在垂死之星的山谷裏

樓梯上的身影依然沒有動靜。然後又重新開始向上走，一步步接近第二層的平台。呼吸聲越來越正常，往上的步伐也越來越安靜。幸運的是，樓梯沒有發出吱吱嘎嘎的聲音，而地毯雖然破爛不堪，還是湮滅了訪客靴子發出的聲響，靴上正滴著溶雪。

在慾望
與爆發之間
在潛力
與存在之間
在昇華
與墮落之間
落下了陰影

戴著手套的一隻手，在公寓門口的名牌上投下了陰影，食指劃過名字下方，確認裏面住戶的身分。無情的雙眼凝視著冰冷的字體，狩獵行動到此為止。

握著針頭的手仔細檢查了最後一遍，手套的食指尖端閃現一絲微光。手又回到了原位，靠近大衣的中間。

丹尼斯・高森正不耐煩地來回踱步，等待遲來的訪客；突然一陣門鈴聲打斷了他的踱步。他轉向門口，一抹淺笑掠過唇間。在最後一刻，在開門之前，他突然感到一陣刺痛的焦慮。高森熱絡地把門拉開，微笑問候，招呼訪客進門，再度關上了門。

「我準備了雪莉酒可以喝。」高森往前走，領著客人朝飲料前進。這位年輕的經濟學者望著眼前閃耀光芒的玻璃酒瓶與酒杯，接著感到肩膀上給針頭刺了一下。雪莉酒瓶突然往上升起，懸浮在半空中，然後他就什麼也看不見了。他的身體在地板上動也不動。

世界就這樣結束了
不是轟轟烈烈而是嗚咽一場。

第一章

十二月二十一日，星期五

「腦袋清楚，桌子不清楚，」亨利・史匹曼想著，雙手忙著翻找面前的文件。「那張備忘錄到哪兒去了？」他喃喃自語，接著很快在一個馬尼拉紙夾底下找到了，紙夾裏面是上個學期的授課筆記。他往後靠坐，讀起這張備忘錄。

受文者：教評會全體委員
發文者：丹頓・克萊格院長

本次委員會召開時間如下：
一月八日（星期二），下午一點至下午七點
一月九日（星期三），上午九點至下午二點

敬請各委員在會議召開前審閱完畢候選人之相關資料。在此再度提醒各位，本委員會之審議結果及一切相關資料均應保密。

史匹曼從胸前的口袋掏出行事曆手冊，草草記下開會時間。對教評會的成員而言，聖誕假期一點也沒有放假休息的感覺——如果他們有認真做「回家功課」的話。想到要看的資料，還有那些需要解碼的推薦信，史匹曼不禁打了個寒顫。簡單坦率的推薦信已成了歷史，在這個什麼都必須以訴訟解決的年代早已不復存在。推薦人真正要說的話隱藏在字裏行間，沒寫出來的往往比寫出來的更重要，但寫在紙上的內容可以提供線索：信上稱讚候選人「品行端正」時，往往代表候選人欠缺學術發展潛力；稱讚候選人「教學表現優異」則暗示候選人的研究表現沒什麼好談的。這些推薦信，還有其他大部分等著史匹曼閱讀的資料，都不是什麼令人期待的差事。

哈佛的「教授升等與終身職評鑑委員會」負責評鑑所有人文與科學領域的教授候選人；對於自己專業領域以外其他學科的同僚，要做出如此事關重大的決定，史匹曼感到不太自在。他的專業領域是經濟學，這方面的知識一點也沒辦法幫助他領會藝術史學者或生化學家的專業成就，但這卻是他的責任，事實上教評會的每一位委員都必須負起這個責任。

電話鈴響，打斷了他的思緒。是佩吉打來的。

「不用了，」他對佩吉說，「今天晚上我去廣場那兒隨便吃點東西就好了。我有教評會的工作要做。」史匹曼掛上電話，他想在院長下班前拿到其他候選人的資料，開始往克萊格的辦公室前進。今晚將是個漫長的夜晚。

佩吉把聽筒掛回原位，心裏想著：「不知道亞當・斯密知不知道自己幹了什麼好事。」經濟學之父亞當・斯密研究了製針工廠的勞動分工、看不見的手，還有自由貿易的好處。表面上亞當・斯密開創的僅是一個學科，一門社會科學，但是對佩吉・史匹曼，一位經濟學教授的妻子而言，斯密開創的遠不只是一門學問的分支，更是一項終身的職業，吸引許多信徒全心投入。這一行有一套專屬的行為準則，有獨特的階層排序，有自己的規矩。佩吉的老公遵守這些準則和規矩，現在爬到了金字塔的頂端。

佩吉生長在一個學術氣息濃厚的家庭，但仍與經濟學家的生活有一段距離。小時候陪她成長的教授，以及她和丈夫在哈佛認識，彼此交往愉快的其他學系教授，都對工作很認真，但他們不會把自己的學術專業帶到生活中每一個最細微的角落。

佩吉走進客廳，拉上窗簾。劍橋十二月的夜晚降臨得早，史匹曼家附近的街燈早已點上。她想：「這應該是個好時機，見見潔西卡，談談那件事。」但還來不及付諸行動，門鈴就響了起來。

「後門在響，」她心裏想著，「通常只有亨利會走後門。」她不太情願地走向廚房。這棟房子正面是一片昂貴的房舍，堂皇的維多利亞式住宅，建於世紀之交。但這排房舍後方的小巷，卻和前院細心呵護的清爽草坪形成顯著的對比；在這條共用的車道上，座落著年久失修的車庫，沿路還散落著破瓦殘礫、修剪草坪之後的碎屑、垃圾桶等雜物。

佩吉遲疑的腳步來到了後門，門窗上蓋著直條窗簾，只看得到一個黑色的剪影，猜不出來者是誰。她謹慎地用指尖撥開窗簾向外窺視，一名年輕男子站在門前台階上，每一次呼吸都像噴出一口白煙，融入冰冷的空氣中。他穿得不夠保暖，無法抵禦寒冬：一件薄外套，沒戴手套也沒穿靴子，不過頭頂上倒是有一頂軍用帽保護。

佩吉認出他是丈夫的同事，她曾經在經濟學系的辦公室看過他，但是從來沒說過話。她該不該開門讓一個陌生人進來？年輕人看來極度不安的模樣，讓她決定了這個問題的答案。

「真是不好意思，史匹曼太太。我叫做丹尼斯•高森。」他似乎感到很窘迫，避免接觸她的目光。「我知道妳不認識我，我和妳先生一起在經濟系教書。我很希望他在家，可以見他一面。」他擠出一個短暫的笑容。

「很抱歉，他現在不在。你還是進來暖暖身體吧。恐怕亨利今天要很晚才會回家，他說他要留在辦公室弄委員會的事。你可以去辦公室找他，但是我想他可能不想被打擾。當然，如果你的事情非常重要……」

「喔，確實很重要，史匹曼太太。而且是很機密的事，所以我才會從後門進來。我猜妳先生今天晚上是在忙教評會的事。我今年被提名接受終身職的審核，所以不應該和相關人員接觸，妳先生也包括在內，但有件事必須讓他知道。」

「我泡杯茶給你喝吧，可以讓你暖和點。」佩吉殷勤地挽留訪客。

年輕人沉默地啜飲著熱茶。他相信沒人看到他來這兒，如果去辦公室找史匹曼，更容易被人發現。哈佛經濟系所在的立陶爾中心，不分日夜的任何時間，總是可以看到教授和研究生忙著研究或討論經濟問題。他問史匹曼太太是不是可以等到她先生回來。

「可能要好幾個小時呢，」佩吉回答。「這樣吧，我打個電話給他，告訴他你在這兒。也許他可以早點回家。」

高森猶豫著不知道該不該接受這個提議。在一般狀況下，他並不願意打斷終身職教授的工作流程，但是此刻他別無選擇，只能請佩吉打電話給丈夫。

這個時候史匹曼正踏進莫布雷大樓，爬樓梯上了二樓的院長辦公室。他在院長辦公室領到了厚厚一疊文件，估計重量超過二十磅，這是他今晚以及未來幾天的功課，裏面有被提名候選人撰寫的論文、專題著作、評論、書籍等，寫在這些紙頁上的文字、數字、公式，將決定這些滿懷希望的教授是否能夠拿到哈佛終身職，而且是最主要的、唯一的判斷依據。個子不高，頭頂微禿的史匹曼懷抱重擔，艱難地下樓梯。

「我來幫你拿吧，亨利。看起來很重。」

「它不重，它是我的凶器，」史匹曼詼諧地打趣。「而且，等你從院長辦公室出來，一樣要背上這麼大一疊煩惱。」

這位仿效聖經中「好撒瑪利亞人」伸出援手的，是數學系的墨利森・貝爾教授。他也是教評會的委員，來莫布雷大樓的目的和史匹曼一樣。

墨利森・貝爾是數學系的明星，位階和史匹曼在經濟系的地位相當，但在其他各方面，他們兩個幾乎沒有任何相似之處。貝爾比史匹曼足足高了一英尺，性格與喜好也大不相同。史匹曼從不費心妝點門面，貝爾卻對劍橋的男裝店瞭若指掌。他的頭髮又黑又直，往後梳得光亮整齊，在領口處捲曲外翻，眼睛大而黑，瘦削的面龐襯著深色肌膚，說話時語調徐緩，卻有種惱人的習慣，喜歡先撮唇做出形狀，再發出聲音，動作雖小但還是看得出來，使得聽眾感覺像是在看一部音軌與畫面有點不搭的電影。上他課的學生一開始還以為是自己哪裏出了問題，以為自己的耳朵和眼睛不知怎麼搞的不能同步。

貝爾教授鬆了口氣，很高興史匹曼拒絕他的幫忙。他急著拿到同樣的資料，好坐下來長期抗戰。他知道，今年委員會裏面加入了史匹曼，將不會使審議過程更加容易。在比較傳統的學科裏，教授們認為這位經濟學家好辯而且吹毛求疵。不過人往往會拿放大鏡去審視別人的缺點，把小缺陷看成大瑕疵。

無論如何，貝爾敬重這位擅長邏輯分析的同僚，他知道在史匹曼的把關之下，學術審查的標準只會高不會低。沒錯，史匹曼剛好可以牽制古典文學系的佛斯特‧巴瑞。巴瑞的審核標準並不單純從學術角度出發，候選人的社會地位也是很重要的考量因素。若是出身世家，就算表現僅稱得上平庸，也可能成為巴瑞眼中優異的助教授。貝爾瞭解史匹曼的背景：他是貧困的猶太移民之子，世系族裔這一套不是他會玩的把戲。

貝爾大步躍上台階，朝院長辦公室前進，走在同一道階梯的史匹曼則是掙扎著往下，慢慢地跋涉回辦公室，辦公室裏的電話正響個不停，無人回應。

第二章

十二月二十一日，星期五

太陽西沉，夕照拉長了屋外的樹影，黑暗漸漸籠罩瓦蕾蕊・唐席格所在的房間，她正在閱讀。昏灰的暮色，和房內光可鑑人的鍍鉻固定家具組件，形成強烈的對比。客廳東西兩面牆是單調的白色，但另外兩面牆上整整齊齊排列著數以百計的書籍，從地板一路到天花板，各種顏色的書背爭奇鬥豔，和座椅正前方懸掛的馬克・羅斯科畫作相互輝映。走進這個房間的人如果有機會進入這棟房子其他任何房間，可能會懷疑自己來到了另一戶人家，因為每個房間的裝潢都各有特色，從現代的包浩斯風格到鄉村復古風，從維多利亞到地中海、殖民地風格，這棟住宅應有盡有，保證房子的主人不會有看膩或厭倦的一天。

「這可不行，絕對不行，」她一面喃喃自語，一面伸手轉開了落地燈的開關。唐席格教授放下閱讀了好一陣子的文章，這是哈佛一位年輕的社會學家所撰寫的論文，從心理社會學角度闡述官僚體系的決策過程，但唐席格認為這位學者膚淺地套用了佛洛伊德的理論，因此並不欣賞。

「委員裏面有社會學系的人嗎？」她想著。為了尋找答案，她重新打開馬尼拉紙夾，裏面有克萊格院長發放的備忘錄，通知她已成為委員會的一員以及成員名單。一看之下她才想起，社會學系獲得克萊格遴選的教授是奧立佛•吳。

「也許吳會支持自己系上的候選人，」她想著。唐席格知道，被推選到教評會的候選人，都已經過該系的嚴格審查，每一篇文章、每一篇評論、每一本書、甚至往往包括所有未經發表的論文，都必須通過系上教授的檢閱，連這樣都不夠，還要再加上校外專業人士的評鑑。

除非這個系上有嚴重的派系衝突，教授們的意見、理念或教學方法已到了水火不容的地步，否則能夠一路過關斬將送到教評會審核的候選人，應該都已獲得該系資深教師的一致支持，因為通常只要一位有份量的正教授投下反對票，就足以封殺候選人的提名。唐席格從沒親自和吳接觸過，但她所聽說的已足夠讓她確定，如果吳不喜歡某個後輩的作品，那麼這位年輕學者想必沒什麼機會倖存。

不過吳如果要達到這個目標，大可不必髒了自己的手，教評會委員在這一點上是系上其他教授望塵莫及的，掌控著年輕教師的生殺大權。在系上的審核過程中，吳可以完全不插手，如此可以和候選人的支持者，甚至候選人本人，保持良好的關係，然後在院級的教評會審議時，扮演反派角色同時享有免責權，其他委員一定會尊重他的發言，而且他可以肯定會議結果和他在其中扮演的角色都會獲得保密。

不過無論社會學系的吳教授對這位候選人抱持何種看法，唐席格確定她這一票絕對是反對到底。這篇研究竟敢打著佛洛伊德的名號，實際上是全然的歪曲與誤解，這是她無法忍受的。唐席格迅速寫下了她的評語，希望能把這位年輕學者逐出劍橋。

看了一整天的資料，疲累的唐席格教授決定再看一位候選人的檔案，然後就休息去吃已經遲了許久的晚餐。「最好是選最薄的那一疊，」她小小聲地說，轉身朝向地板上她放置所有候選人作品與推薦信的地方，地板上還有整整十二疊等著她閱覽的資料，一眼就看出其中有一疊最矮。

「這裏的資料不知道夠不夠做判斷，」她把文件挪到膝上的時候想著。這位心理學系的教授知道，光計算頁數是無法做為評斷的標準的。她嘆了口氣，很不幸地，她還是必須看完所有東西才能做出決定。儘管如此，這份資料之輕薄實在出乎她的意料之外，因為這份資料屬於經濟學系的候選人，而經濟學是哈佛的強項之一，所推出的候選人和其他沒那麼出色的科系比起來，應該更具競爭力才是。

「丹尼斯・高森，」她很驚訝地發現，她竟然認識一個自己科系以外的候選人。竟然是丹尼斯・高森，真是太不巧了。她的嘴角微揚，似笑非笑地。她往後靠，回想起之前兩人共度的夜晚。也許她應該自動退出高森的審核。但是這又何必呢？教評會裏面不會有人知道他們之間的關係。不管怎麼說，這實在太不可能了。像哈佛這樣的名校，要爬到資深教師的位置勢必得全心奉獻於本科系的研究，沒有太多時間和其他領域的專才交流。唐席格教授在哈佛任職了十五年，心理系以外和她可以稱得上有社交來往的教授，用兩隻手就可以數完。

如果說唐席格會認識其他科系尚未獲得終身職的教授，那更是叫人難以置信。在這所長春藤名校中，有一套社會階層制度，每個人都各有其位，沒有終身職在大學裏相當於賤民階級。雖然這套系統不像印度的種姓制度那麼嚴格，但要打破既成的社會階層規範，可能要有如甘地一般寬闊的胸襟與決心，才辦得到。

高森的檔案裏面包括六篇薄薄的文章複印本，附上一封經濟系主任的信，總結經濟系資深教師對高森著作的看法；最後是經濟系請沒有在哈佛任教的三位經濟學家評估候選人資格的往來信件。

依照截至目前為止的慣例，瓦蕾蕊・唐席格先看了校外人士的信函，裏面一致表示推崇，但唐席格對這些信持保留態度。根據自己系上的經驗，她知道不能只看外部評鑑，校外的推薦信可能不是在這個領域隨機搜尋頂尖學者的結果，而是經過精心的挑選，希望獲得的回應與掌控該學系人士想要的結果一致。

接著她飛快地瀏覽過李奧納・柯斯特冗長的信，柯斯特是經濟系系主任。在這封毫不拐彎抹角的信中，概述了系上每一位終身職教授對高森的看法，尤其著重於幾位專長高森專門領域的教授。所有人的意見都是肯定的，沒有例外。

唐席格準備閱讀的第一份複印文件以暗紅色封面裝訂，明眼人一看就知道，這篇文章摘自一本重要的美國經濟學期刊。她先從結論讀起，然後檢驗導出結論的方程式。

「丹尼斯真的相信人的行為是這樣的嗎？」瓦蕾蕊・唐席格悄聲自問。到現在她已經解決掉這疊最矮文件的一半，裏面的模式越來越清楚。在每一個例子中高森所驗證及相信的人類行為，都和現代心理學對人類本質的認識恰好相反。在心理學家眼中，人類行為複雜難解，受許多互相矛盾的衝動所驅使，不合理的衝動和冷靜理智的邏輯推論，同樣有可能決定一個人的行為。

但是高森所有的作品全都奠基於同一個假設：人類在做所有事的時候心裏只有一個目標；而就唐席格看來，這個目標就是一心一意地追求快樂。這一點讓她無法忍受高森的著作。

瓦蕾蕊・唐席格本身專攻的是天才兒童的心理行為，她信奉俄國心理學家維果斯基的學說，她自己的著作《天才之火與繆思》現在已成為這個領域的圭臬。研究生涯中大部分的歲月，她幾乎從無間斷地維持每週一、三、五接見一批波士頓劍橋區最聰明的孩子。她對家長的公開說法是，要讓這些孩子接觸遠遠超出當地學校所能提供的書籍與概念等資源，未公開的研究目標則是觀察這些孩子的學習模式，記錄天賦異稟的孩子在接觸微積分、統計推論、音樂理論等高深學問時的刺激—反應機制。

唐席格相信，研究小孩可以揭露成人的思考形式，而且她在很久之前便確定，只有研究最聰明、表現最優異的小孩，才能夠瞭解成人行為的最高形式，畢竟成人不過是孩子的放大版。

她在臨床研究中所接觸的孩子羞澀中帶有浮誇，純真中帶著世故，表現優異卻仍不脫稚氣，時而開朗時而任性。他們猶如一張白紙般純潔，也如同一張白紙般容易留下紀錄，莫札特的音樂或麥迪遜大道推出的廣告，同樣可能產生深遠的影響。他們的感覺敏銳，但仍時常不知所措。唐席格實在無法想像，怎麼會有人認為這些天才兒童的思考過程，或是這些孩子將會成為的大人，會符合高森所提出的，像電腦一樣合乎理性的模型。

如果遇到什麼不開心的事，瓦蕾蕊•唐席格總是在冰箱裏尋找樂趣；而從這位傑出心理學家的腰圍可以看得出來，要讓她生氣並不是什麼難事。她朝廚房直線前進，心裏想著：晚餐前來些點心吧。麵包、美乃滋、切片火雞肉陸續出現，她迅速地加以組合，又抓了一罐可樂，很快地回到書桌前，重新讀起了高森的著作。

「經濟人，」她從鼻子裏哼出聲音，「就是這樣，在號稱現代的社會科學著作裏，凡勃倫的痛苦與快樂指數快速計算表借屍還魂囉。」唐席格不禁疑惑，同樣身為經濟學家的凡勃倫（Thorstein Veblen）早已揶揄過「經濟人」的概念，不知為何仍無法斷絕這種諷刺的比喻。她吞下三明治的最後一角，喝光了可樂。

唐席格專攻的心理學研究，早就脫離了一開始的功利主義；今天沒有任何一個現代心理學家相信，人類所有作為只是為了追求最大的個人效用（utility）。唐席格認為，「效用」一詞已成為陳跡，以往用這個詞彙囊括幸福快樂或滿足這一類的情緒，但實際上毫無內容可言。無論你做什麼，都是為了最大化個人效用：你決定親吻丈夫還是欺騙丈夫？你會愛撫還是責備狗兒？你買的是全新勞斯萊斯還是二手的雪佛蘭？不論你選哪一個都是一樣的！你會選擇讓你最快樂的選項。我們怎麼知道哪一個選項讓你最快樂？因為你選擇這麼做。那你為什麼選擇這麼做？因為能讓你快樂。對唐席格這種心理學家而言，這種邏輯推理是個無窮迴路，一再重複，說了等於沒說，經濟學家的理論就是：人會做他們做的事。

所以瓦蕾芯・唐席格準備做她要做的事，把一張紙條夾在高森的檔案上，上面只有簡短的三個字：反對票。把這疊資料放回地毯上，和其他候選人的檔案放在一起的時候，她發現自己喃喃唸出了莎士比亞的名句：「丹尼斯・高森先生，天上地下有很多事，超乎你的哲學想像。」

第三章

十二月二十一日，星期五

史匹曼走到辦公室門口的時候，電話鈴正響著。他把成堆的書和文件丟在走廊地板上，從外套口袋慌亂地摸索立陶爾中心四一三室的鑰匙，等來到電話前的時候，這位經濟學教授已有點上氣不接下氣，但還是及時接到了老婆的電話。「亨利，很抱歉又來吵你，我知道你打算工作一整個晚上，但是這裏有人想要見你。」

「是派翠西亞已經到家了嗎？」他問。

「不是，我想她今天晚上要很晚才會到。等你的人是丹尼斯‧高森——你們系上那個年輕教授。他現在在客廳，好像非常急著要找你談。我跟他說你在工作，但是他說這件事太重要了，他又不想到辦公室找你。反正，他人在這兒，我跟他說我會試著打電話給你。」

「他有說是什麼事嗎？」

「他沒跟我說，只說有必要馬上見你。他看起來好像很苦惱，我相信他確實非常苦惱，在這麼冷的晚上跑到這兒來。」

「唔，但我並不想回去，這樣就沒辦法完成這邊的工作了。而且我也不知道自己是不是該見他。妳覺得我應該回去嗎？」

「如果你回來那就太好了，他打算一直等到你回家，可是我想在派蒂到家之前去『聖哲家』買些東西。」

亨利・史匹曼心不甘情不願地答應了。這位身材矮小、頭頂日漸稀疏的教授摘下角質框眼鏡，用手帕拭去上面的霧氣。工作被打斷的時候，史匹曼一向不會有什麼好臉色，但這是出自他自己的選擇。對經濟學家史匹曼而言，一個人可以選擇自己的情緒表現，就像選擇任何商品一樣，透過成本效益的比較來做決定。在他生命中曾經有一段時間，他會以比較積極的態度面對干擾工作的事物，在那時候他可以允許自己分心去做其他事，因為被打斷時需要放棄的收入較少；也就是說，必須付出的成本較低。

現在他是哈佛經濟系的明星，弔詭的是，薪水越高，他越是感到無法撥出時間分心去做其他事。他靠公開演講、為報章雜誌寫寫客座專欄、撰寫書籍賺進了大筆金錢；現在就打道回府，代表將會損失四個小時的教評會工作時間，而這四個小時必須拿演講或寫書或寫專欄的時間來彌補，所以今天晚上中斷工作的成本可能是少寫一篇新聞雜誌專欄，因而減少一筆可觀的進帳。用經濟學的說法就是，這筆可觀的進帳是丹尼斯・高森來訪的機會成本。

對於高所得的人而言，這一類機會成本可能非常高昂。如同史匹曼在課堂上很愛舉的一個例子，面對每一小時索取天價談話費的名律師，你不會在他計費的時間內和他談論天氣。同樣地，同一家事務所裏的名律師和法務祕書比起來，名律師休假時必須付出的機會成本顯然高得多，因此更會減少休假。

這類與一般見解相反但卻能揭示真理的悖論，正是史匹曼一開始受到經濟學吸引的主因。大學裏其他課程都無法如此清楚解釋各式各樣的人類行為：心理學可以解釋異常行為，預測精神罪犯的反應，社會學致力於解釋社會習俗及大眾文化中共通的道德觀，人類學的重心在非文字的神話傳說；只有經濟學符合史匹曼的口味，因為經濟學研究的是日常生活中的個人。

史匹曼的父親便是個好例子，史匹曼從來沒有真正瞭解過自己的父親，直到他學了經濟學。老史匹曼開了家裁縫店，在店裏對顧客永遠親切有禮，照顧到客人的所有需要，他的裁縫店名聲遠播，不只是因為修改的手藝好，也是因為他的殷勤友善。但是只要爬一段階梯，爬到位於店鋪樓上用赤褐色砂石建造的自宅，同樣一個人馬上性情大變，親切變成了易怒，他的家人從來不指望他會注意或關心妻子兒女當下的需要。亨利・史匹曼還記得媽媽的抱怨：「我真是不懂，班，在店裏你總是對每個人都客客氣氣的，但是只要一到家，你的怨言從沒有停過。

和席爾曼先生在一起的時候，他說的那些關於他袖口的事情你每一個字都仔細聽，但是我呢，甚至連我在講我們女兒結婚禮服的時候你都沒在聽。」

現在亨利・史匹曼找到理論解釋父親原本難以理解的行為，並不是因為他喜歡席爾曼先生多於自己的妻子和兒女，相反地，亨利知道父親對全家人都有深厚的感情。小史匹曼所受的經濟學訓練，讓他學會從不同角度去看這件事——他父親必須和其他裁縫店搶生意，彼此之間的競爭非常激烈。進入這一行不需要什麼金錢或教育資本，而他父親裁縫服務的最後定價，雖然不足以賺大錢，卻足以確保不會有客人大排長龍，根據教科書上的說法，就是供給和需求達到平衡。如果每天上門的客人源源不絕，老史匹曼大可以對客人呼來喚去或挑三揀四，無須負擔任何經濟成本；但是在裁縫服務的價格由市場力量決定時，微笑和服務就成了爭取客戶的手段，惡劣的態度和服務只會嚇跑客戶，到時候老史匹曼就會嚐到「回家吃自己」的苦果。

一旦瞭解了父親的表現，許多其他行為也突然說得通了。舉例來說，房租受到法律限制無法達到市場均衡價格的時候，房東往往對房客擺出一副晚娘面孔；還有二次世界大戰時粗暴的肉販，因為當時牛肉價格固定；同樣在二次大戰時期，進貨時有幸拿到尼龍絲襪的店家，對於那些早起排隊等候的客戶，也是不會抱持任何同情之心的。

許多年後，史匹曼再度感受到這個理論的威力，當時聯邦政府設定了汽油價格的上限。史匹曼居住在劍橋的這些年中，一向都在百老匯街上的加油站加油，那裏的服務人員也一直以禮相待——除了那段時間以外。那時汽油供給不足，加上價格管制使得情況更加惡化，服務人員的性格似乎也隨之改變：大排長龍的客人個個急著支付最高限價，但是加油站所供給的和善態度跟著大幅縮水。等到限價解除，情況又逆轉了，加油的時候再度附贈親切的態度。

亨利・史匹曼所知的這個理論，可能很少有人會相信，而且如果他把這件事挑明了說，很可能會被誤解：他的父親，顧客眼中再溫和不過的一個人，對待自己的家人會像百老匯街加油站那些脾氣暴躁的服務人員一樣，這不是因為他的性格改變了，只是因為價格變成固定、不可變動的而已。

在家族中，市場均衡價格與每個人所分配到的資源無關，所以老史匹曼可以發洩脾氣而不用付出什麼成本，但是只要一下樓，來到裁縫店的範圍之內，同樣的行為卻會受到懲罰。老史匹曼根據不同情境選擇表現不同的性格，小史匹曼也同樣遵循這套理論所預測的行為模式，今晚放下工作準備接見不速之客的亨利・史匹曼可沒什麼好臉色。

他踏著沉重的步伐前往教職員停車場，路上看到兩個學生朝他走來。「晚安，史匹曼教授，」說話的學生頭上包著一條圍巾，顏色是充滿聖誕節氣氛的鮮豔紅綠兩色。等到兩個學生走近，史匹曼認出戴圍巾的那個是他班上的研究生。

史匹曼給這位研究生的回應，不像平常和學生打趣時一樣親切，今晚他可不是只有一點生氣而已；他以敷衍的招呼應付了事。但是對那個學生來說，教授的招呼卻可能是她今晚的焦點。

「史匹曼博士穿成這樣你怎麼認得出他來？」

「就是因為他穿成這樣。」

「啊？」

「他整個冬天都穿這樣來上課。你知道有的外套可以防風，他的外套則是可以破冰。我們全都很緊張的在教室裏等他，然後他來了，穿著那件大衣，下面長到蓋住腳踝，上面領子又翻起來，一直遮到耳朵上，而且是紫色的，釦子顏色又不搭配，最絕的是，他頭上還戴著一頂咖啡色的闊邊帽，邊緣軟趴趴的垂下來。等到他好不容易從這一堆衣服中脫身出來，在上課的一開始就給你一個天真無邪的笑容，你根本就沒辦法產生任何敬畏之情，儘管你知道他是個天才。」

這位經濟學家不只穿的外套超大，連開的車子也超大。這輛淺櫻桃紫的車配備有空調、動力方向盤、動力煞車器，史匹曼小心翼翼地緩緩轉上協和路，朝回家的路前進。他熟練地撥開了暖氣開關，儘管他從經驗中知道這樣做並沒有什麼用，從辦公室開到他家的這段路，距離大概剛好夠暖車而已，一直要等他開到車庫，車上的暖氣才會開始噴出熱氣。

開上協和路之後，史匹曼才看到擋風玻璃的雨刷下面夾了張便條，他真希望自己能在上車之前先發現。由於身高的限制，史匹曼開車的時候多半是透過方向盤上半部和儀表板上方的間隙往前看，那張便條剛好遮住了他視線範圍內一部分的擋風玻璃。

值得史匹曼和路上行人慶幸的是，此時劍橋居民多半待在室內，哈佛、蕾克列芙（Radcliffe）、MIT等學校大學部的學生，應該正在公共區域吃東西兼談天說地，在劍橋定居的人則是在自家享用晚餐，許多學者可能正進行到餐前的開胃菜。平常壅塞的街道，此時開起來正順暢，史匹曼的車速很快。等他把車開進車庫，轉熄引擎，一股暖空氣從暖氣口排出。

史匹曼關上車門，伸手橫過引擎蓋上方，從雨刷下抽出紙條，低聲地抱怨：「這可不是我最喜歡的溝通方式。」他認為那可能是一張傳單，劍橋的餐館常用這種方式做開幕宣傳。但是打開之後，他發現這是一張手寫的紙條。

擋風玻璃上的水氣早已浸透這張薄薄的紙片，模糊了上面的墨跡，在車庫黯淡的燈光下並不容易閱讀，但史匹曼還是認出了上面的字跡，這是喀爾文・韋伯寫的便條。韋伯是英文系教授，專長是康拉德的作品。便條上寫著：

請原諒這張妨礙觀瞻的小紙片，我看到我們同是在教評會園地中辛勤工作的園丁。請千萬三緘其口，我很遺憾看到佛斯特・巴瑞出現在克萊格的名單上。很高興有你同在。喀爾文・韋伯。

史匹曼把紙條塞進外套口袋，他也感到很高興，喀爾文・韋伯是他和佩吉的好友，然而因為兩人都忙於工作，已經有一段時間沒有聚會了。

一抹隱隱的微笑爬上史匹曼的唇間，他想到：韋伯對巴瑞的存在感到不自在，巴瑞搞不好對韋伯感到更不自在呢。韋伯是密西西比的佃農之子，先後在陶加洛學院和霍華德大學接受教育，這樣的背景，不論是家庭或學術任一方面，都不符合巴瑞心目中哈佛人的標準。溫文儒雅又彬彬有禮的巴瑞，展現不贊同的方式也很含蓄，但還不夠含蓄到逃過喀爾文・韋伯的眼睛。

史匹曼的思緒轉向促使他打道回府的事件，他離開車庫，從後門走進屋內，他對這位年輕同僚早已一肚子火，也沒有費力去掩飾臉上的表情。

「哈囉，亨利，」佩吉在門口迎接他。「回家的路上車很多嗎？」

「沒有，路況很好，」史匹曼回答。「客人在客廳裏嗎？」

「是的。我想你會想到書房裏談，但是我沒有帶他進去。」

「好，如果妳想要的話，何不先去聖哲家，免得時間越來越晚。我會處理高森先生的事。」

史匹曼邊說邊脫下了滿身的裝備。

「別對他發脾氣，亨利。他好像因為什麼事情非常焦慮。」佩吉找出外套和皮包，從後門出去了。同一時間，亨利・史匹曼走向餐廳，與餐廳相連的是史匹曼家的大客廳，客廳裏有套安妮女王風格的沙發面向著臨街的窗戶，沙發上坐著丹尼斯・高森，他在看到資深同事進門的時候緊張地起身。

「教──我是說，亨利。很抱歉把你從立陶爾叫回來，但我覺得非常有必要見你。」到底應該直呼正教授的名字，還是該以姓氏稱呼，是長春藤名校助教授永遠無解的習題。和某些資深教授相處時，這個問題的答案很清楚，這些教授如此難以親近，讓人不敢直呼其名諱；也有些教授認為大家都是同事，清楚表示希望所有人直接互稱名字，但是史匹曼屬於其中哪一種，著實令人難以捉摸。大家都知道他待人親切溫和，而且就算學生不是那麼用功，他也很少發脾氣或嚴格要求，但他絕不會和人稱兄道弟，在經濟學專業的地位讓他拉不下臉來。

「坐啊，丹尼斯。我看到內人泡了些茶給你。有什麼事需要我幫忙的？」

「這件事和我的升等有關，我相信……」

史匹曼粗魯地打斷了他，幾乎是用身體動作阻止他發言。「你知道我不能和你討論這件事。教評會的審議已經開始了，我相信你很清楚委員是不能和候選人有接觸的。」

「但是我不是因為你是委員所以來討好你。我需要你的忠告，這是一個非常棘手的問題。」

「這件事會在任何方面影響到你的升等嗎？」

「呃，會，有可能，但是……」

「如果是這樣，那我們就必須中止談話。」

這位上了年紀的經濟學家立場非常堅定，高森決定再試一次跨越橫在面前的高牆。「只要你肯聽我說完……」他用眼睛哀求他的同事兼前輩。

但史匹曼毫不退讓：「很抱歉，很抱歉，丹尼斯，你就算再堅持也沒用，我不會聽你說的。」他一面說，雙手一面揮舞著，好像在阻擋迎面而來的汽車。然後史匹曼連坐也沒坐，就離開客廳往廚房走，在餐桌上拾起了高森的外套和帽子。接著滿懷挫折的年輕經濟學家發現有人幫他穿上了外套，堅定地領著他出了前門。

高森在門廊上躊躇著，不知道下一步該怎麼辦，和亨利•史匹曼重開對話顯然是不可能。年輕教授的目光在愛普敦街上徘徊，街上教授的住宅紛紛散發出誘人一探究竟的柔光，但卻無法紓緩被拒於門外的感覺。儘管如此，高森還沒走到窮途末路，他的第一選擇證實不可行，現在只有試試其他沒那麼吸引人的選項了。而且就算他的努力落得一場空，他還有最後一張王牌，是他希望永遠也不需要用到的。

第四章

十二月二十一日，星期五

據說奧立佛・吳從來不會給愚笨的人什麼好臉色，而今晚他的臉色絕對和「好」沾不上邊。今晚他的任務是評估哈佛的升等候選人，他審視著丹尼斯・高森檔案裏面的一篇文章，一動也不動地坐著，像一尊埃及貓雕像，唯一移動的是厚重鏡片後的深色眼睛，多年前的白內障手術迫使他戴上眼鏡，鏡片像玻璃可樂瓶底一樣有一圈圈的波紋，使他看起來有點像貓頭鷹，有種老是盯著人家看的感覺。他黑色光亮的頭髮整齊地往後梳，上唇的鬍髭經過精心修剪，使他的面容更具特色。

吳是個很有主見的人，在社會學中的犯罪學領域聲譽卓著，儘管他從來不以「犯罪學家」自稱。在美國以外的地區，犯罪學的領域多半由精神病學家獨領風騷，他們認為犯罪的原因在本質上是一種病態，吳和其他社會學家則強調文化和教育因素對犯罪行為的影響。

吳在犯罪學方面所受的正規學術訓練，走的是歐陸傳統，學者追隨隆布羅索（Lombroso）

的學說，相信有一種犯罪者可以從生物或解剖學的特徵辨識出來。吳到美國之後接觸了艾德溫・H・蘇哲蘭（Edwin H. Sutherland）的著作，感覺就像聖保羅在大馬士革城外受到了基督感召的經驗一樣。

蘇哲蘭是個不折不扣的社會犯罪學家。二十多年來，吳的著作對犯罪學研究產生了有力的影響，他追隨蘇哲蘭的腳步，發展自己的理論，闡述犯罪行為多面向的本質，除此之外，他還蒐集了大量資料，焦點集中在犯罪行為的許多特質和不同面向。在吳的眼中，任何學者如果要把複雜的犯罪活動簡化為單一原因，這種做法不只值得商榷，根本是愚不可及。

吳向後推開溫莎椅，離開個人研究室，有目標的在哈佛威德納圖書館的灰色金屬書架間穿梭。許多教授在自己家中設置了寬敞甚至完善的工作室，但是吳和他們不一樣，他大部分的工作都是在圖書館完成的。位於威廉・詹姆士大樓的辦公室，是他和學生及同事交流意見的場所，但在那兒他完全沒法定下心來閱讀，吳堅持認為，真正適合工作的地方，是僻處優良圖書館深處的個人研究室。但吳偏愛圖書館的原因不僅於此，他深愛書庫裏的一切：陳舊的書香，身處洞穴般的寂靜，與世隔絕的感覺。對於擁有吳這種性情的人而言，書庫是個可以逃離外在世界喧囂的避難所，同時也是儲藏全世界知識的寶庫。

十五分鐘之後，吳的狩獵行動結束，返回研究室的時候手上多了一冊從書架上取下的書，顏色灰白，厚度中等。吳滑回座椅內，把書放在高森的檔案旁邊，檔案最上面是吳在評估高森作品時所閱讀的最後一篇文章，他發覺這位年輕的經濟學者簡直就是現代版的邊沁（Jeremy Bentham），邊沁在一百五十年前便寫下了他對「罪」與「罰」的看法，他也是功利主義（utilitarianism）之父，以整體上是否能增進公眾的幸福，來評斷一切的法律與人類行為。依照邊沁的觀點，人類持續不斷地在進行評估與判斷。吳早就發現邊沁是一個現成的例子，代表著如今早已過時、從單一面向描述人類本質的觀點，這可以在課堂上做為範例。

在現代社會學暴露其限制之前，邊沁對於人類行為的觀點廣為一般人所接受，但在吳的社會學課堂上，學生們卻對此毫無概念，不知道這種把人類視為「只會追求單一目標的計算機器」的概念曾經盛極一時。所以吳的做法是，直接引用邊沁的原文，他發現這樣有助於學生相信教授不是故意設計出一個假想敵，來和現代社會學做比較。

現在吳覺得最好為一月八日做好準備，帶上證據證明一百五十年前有人這麼想，一百五十年後哈佛有個教授升等候選人竟然對人類本質有著同樣的看法，而且還以這種早已過時的觀點做為學術論證的基礎。

跳過冗長的書名，吳快速地翻閱著內頁，他知道他要找的是什麼，也知道在什麼地方，在一百八十八頁他找到了引文，開始在筆記上做紀錄：「……有誰不計算？人類都會計算，確實，有人算得比較差，有人算得比較精，但沒有一個人不計算。」犯罪學家並不否認人會計算，吳之所以如此嫌惡高森的作品，對於剛剛閱讀過的文章如此嗤之以鼻，是因為裏面的中心思想是人類只會計算。

吳準備離開圖書館，把這篇讓他看了就有氣的論文歸回高森的檔案；這篇論文的標題是〈薪資差異與瀆職行為〉，文章不長，和一般學術期刊上的論文一樣塞滿了數字圖表，記錄著不同行業採購代表的薪資，這些人負責採購公司的進貨。高森蒐集了這些雇員的薪資數據，發現在擁有相同訓練和教育背景的雇員中，如果公司的生意正在大幅擴張，或者擁有較多流行或季節性商品，付給採購代表的薪水大多高於較為穩定的產業，以實例來說就是，負責採購當季流行服裝的採購代表，賺的會比負責採購機床的人還多。

這位年輕的經濟學者所提出的解釋，或說是理論，圍繞的主題是遏止瀆職行為，並且宣稱經過驗證證實為真。在某些市場，採購人員的專業能力和職業道德較難監控，例如負責採購手錶或項鍊等現成商品的人員，雇主會基於理性的考量付給有理性的雇員較高薪資，以確保雇員在面對特定服裝廠商賄賂的誘惑時，會因為較高的薪資而誘發更強烈的動機，去依據雇主的最大利益行動，拒絕廠商賄賂，不致買入較差的商品。而在變動較小的市場中，採購人員的瀆職行為很容易被雇主察覺，也就不需要以豐厚的薪資做為誘發員工誠實工作的報酬。依照高森的理論，不是因為誠實的員工有誠實的表現而獲得更高的薪資，而是為了增加員工誠實的表現而提高薪資。就奧立佛・吳看來，這套理論十分荒謬。

吳把公事包放在他今天研究了許久的高森和其他候選人的作品檔案上，闔上公事包，把他自己研究要用的書排好，這些書他並不打算帶走，然後離開了威德納圖書館的懷抱。每天傍晚七點，除非他有另外打電話給車行指示，否則都會有輛計程車在哈佛廣場等著載他回家；他的視力不允許他開車。

在準備離開圖書館的時候，奧立佛・吳試著想像自己置身於一個只有成本和利益的世界，人們根據事物的價格而非價值行動——這正是丹尼斯・高森理論中的世界。

他走近圖書館前門的櫃臺。如果偷一本書帶走的話？就他記憶所及，這個念頭從來不曾出現在他的意識中。偷書的成本是什麼？門口的防盜監視器可能會偵測出他夾帶了一本書，情況會很尷尬，但不至於太尷尬，因為他可以用心不在焉為自己開脫，服務人員也會欣然接受他的解釋，不管怎麼說，吳在威德納進出了不下上百次，他被攔下來檢查的機會還不到百分之五十。但是還有良心的煎熬，他可能會因為犯罪而飽受折磨，在他所生長的家庭圈中，認為偷竊是一項很嚴重的罪惡，他的價值觀是屬於老一輩那種的，如果違反了這條神聖不可侵犯的禁忌，他知道自己的悔恨絕不會只有一丁點而已。此外還有搬運厚重書冊回家的成本，他並不習慣從事體力勞動。接著他又估算了收藏這本書，還要不時拿出來撣撣灰塵的成本。他陷入了苦思：成本的計算到底何時才能結束？也許是在計算成本這件事的成本太昂貴的時候。

然後吳的思緒轉向了這道等式的另一端：偷書的利益是什麼？似乎少得可憐，當然，可以獲得書裏面的知識，也許還有閱讀的樂趣，但這些都是本來就已經存在的利益，他可以從威德納的藏書獲得，而且並不麻煩，因為他如此勤於拜訪這座他最喜愛的聖殿。他當然可以賣書換錢，但是一冊蓋著圖書館藏書戳印的書，在市場上是賣不到什麼好價格的，他實在想不出還有什麼其他利益。在他的決策計算中，成本顯然高於利益，吳猜想高森會設定他不會偷書。

出了圖書館，這位著名的社會學家走下石階，走進向晚時分的冷空氣中，哈佛校本部步道上的積雪已經剷除，高高地堆在混凝土人行道兩側，吳沿著建築物往南走向麻州大道，過馬路到對面哈佛廣場約定等候車子的地方，計程車正在等著他。

「哈囉，吳博士。您今天晚上要直接回家嗎？」

「是你嗎，雷蒙？」吳問道，目光努力穿過厚厚的鏡片，確認是常常送他回家的司機後，爬上老舊的雪佛蘭後座，把公事包放在黑色塑膠皮椅上。

「是的，我們直接回家吧。」他下達指令。

計程車沿著布雷托街向吳的住宅前進時，後方傳來一陣刺耳的喇叭聲干擾了吳的思緒，他聽到前座的雷蒙暗自咒罵了一聲，一邊把車子往路邊靠，好讓超速的汽車通過。

逞勇鬥狠的駕駛在大波士頓地區很常見，但他們的主要表現方式是在十字路口或狹窄巷弄裏賣弄驚險動作，而且就算以最寬鬆的標準來看，這輛超越計程車的房車速度還是快得超乎尋常。

「那傢伙是趕著參加自己的喪禮是吧？」房車加速通過的時候雷蒙這麼說。

吳的思緒不受拘束地再度回到邊沁，還有計算。邊沁的信徒會主張，藍色房車的駕駛之所以決定超速，是經過一番權衡，一端是錯過約會造成的困擾，另一端是被警察逮到並且被判違法的機率，他可能會被罰款，而且如果因為超速導致傷亡，他所必須付出的代價將會更高，兩相比較之後，駕駛決定超速而非遵守法定速限，因為淨收益高於成本。吳領悟到，橫衝直撞的駕駛表面看似不合理，經過解釋之後卻可以成為合理的行為，不過是成本利益計算的問題而已。確實，吳思索著，以高森的邏輯來看，整部刑法就是規範各種行為的價目表，就好像我們所有人，所有社會的個體，面前都攤開著一本詳盡的菜單：該不該併排停車？先看價格再做決定。只有在「喬」車子的不方便程度超過罰款金額的時候，你才會併排停車。另一方面，除非你被當場逮到才會被罰錢，而你很可能不會被逮到。被逮到的機會有多大？這也要列入計算。

先前滿腹牢騷的吳，現在漸漸褪去抱怨的外衣，以一種相反的方式在這個遊戲中獲得樂趣。吳以戲耍的態度考慮菜單上的其他項目：謊報所得稅的成本與利益，虛報學術會議旅行支出的成本與利益等等。突然一個邪惡的念頭閃過他腦海：謀殺呢？謀殺也是菜單上的一個選項嗎？為什麼不是？我該不該殺人？引領他走到今天卓越地位的，是想要成功的強烈欲望，加上他的智慧與持續不懈的努力，但一路走來也曾有沉落深淵的時候，而且他相信那並非出於自己的失誤，而是他人的算計。

現在他落入了深深的沉思：並不是所有謀殺犯都會被抓。按照高森的說法，被抓的機率要按照適當的「折現」公式計算；而且就算被抓，可以預想得到還是有可能逃過判決，另一方面要考慮的則是巨大的利益。

隱藏在沉重眼鏡後方的眼睛半閉著，吳轉開視線不再凝望車外交通。透過緊閉的計程車窗，勉強可以聽見遠處每隔一刻鐘便鳴響報時的鐘聲。他感到非常不安，他的思緒走上了一條意料之外的道路，這是他開始思考經濟學的犯罪觀時始料未及的，但不停地計算對自己有利的行為，是個太令人難以抗拒的遊戲，大勢已去，再也沒有任何障礙阻擋他。在想像的世界中他突然看見他的死對頭的臉，全世界他最憎恨的一個人，一連串計算急如星火地掠過他腦海，然後又歸於平靜。在這個遊戲中，吳已經找到了致命的均衡。

第五章

十二月二十二日，星期六

「昨天晚上我根本沒聽見妳進門，而且我蠻晚才睡的。」佩吉・史匹曼站在寬敞的廚房裏，正在瀝水板上切柳橙。

「我到得很晚，媽。從費城來的路況很糟，我又沒掌握好時間，不過爸還醒著，是他讓我進來的，妳知道，我好像沒有鑰匙開門。」派翠西亞・史匹曼走到水槽旁邊幫媽媽做早餐。

「嗯，爸爸和我很高興妳這次放假能回家，他等一下就會下來。妳可以幫我泡咖啡嗎？」

佩吉朝過濾式咖啡壺點頭示意。

「爸昨天也很晚才睡，」派翠西亞一邊說，一邊應媽媽的要求動作。「他把收藏的郵票拿出來，我好久沒有看到他弄郵票了，他說什麼昨天晚上事情不太順利，所以有時間整理郵票。」

此時亨利・史匹曼踏進廚房，「有什麼我可以幫忙的嗎？」他興高采烈的問。

「我們快要弄好可以吃了，」佩吉回答。這一家子現在不像從前那樣可以常常團聚在一起，但此刻史匹曼全家準備坐下來享用一頓新英格蘭式的早餐，有薄煎餅和佛蒙特楓糖漿。

史匹曼家的早餐依舊遵循傳統；冷凍的濃縮果汁、現成調配好的薄餅粉、雜牌楓糖漿、即溶咖啡粉，都不會是佩吉・史匹曼的選擇，家裏每一件事都要「從頭做起」，她老愛把這句話掛在嘴邊。佩吉堅定地奉行「一日之計在豐盛的早餐」，早些年的冬天，她不讓派翠西亞吃下熱騰騰的早餐是不會讓她出門的，例如熱麥片粥、薄煎餅、煎蛋，或剛出爐的麵包，在寒冷的日子裏，這些和大衣、手套一樣必要。

「所以獸醫服務的需求有增加嗎？」亨利問道，手上的叉子切開堆成一疊的煎餅。派翠西亞在康乃爾的獸醫課程結束後，約兩年前開始在費城執業。

「我不知道有沒有增加，可是我忙到有時候我會懷疑，自己是不是能夠撐過這一天。所以說，能夠回家休息幾天實在太好了，沒有生病的動物要看，也不需要隨傳隨到衝去動物園——休假是一種奢侈的享受。」

「如果妳忙碌的程度超過你想要的，」亨利・史匹曼吃一口說一句，「有個很明顯的解決辦法。只要提高收費就好了。」

「爸，如果我提高收費，我想我的客人會變得更多，費城有些人根據收費挑選獸醫，他們要找開價最高的獸醫。」

亨利發現這段談話比面前的早餐更令人食指大動，但是他還來不及回嘴，從多年經驗中學到經濟學長篇大論馬上就要開始的佩吉，出面轉變了話題。

「派蒂，妳去年夏天回家的時候說，妳幫一隻大象拔牙齒。後來妳還有看過那隻大象嗎？」

「喔，妳說艾克啊，媽，他是動物園的非洲象，就是因為有牠們這些動物在，我才會喜歡去動物園工作。艾克去年七月的時候牙齒痛，所以我們動手術把牙齒拔出來，然後清理化膿的地方。艾克的心裏把我和疼痛救星連結在一起，每次我去動物園，他都蹦蹦跳跳地來見我，像隻小狗似的。」

「那還真是小啊！小心不要被踩扁了。」佩吉啜飲著現煮的濾泡式咖啡，邊喝邊警告女兒。

佩吉和丈夫兩人都以女兒的工作表現為傲，不是沒有原因的，現在要念獸醫比進醫學院還難，事實上，若非派蒂獲得獸醫學校入學許可，她現在應該會是一位醫生，但她在大學時的成績優異，使她同時拿到康乃爾和密西根州立大學兩所學校的同意書。

「我可以想像妳照顧貓啊狗啊的畫面，」佩吉繼續說，「但是妳去動物園的時候……不知怎麼搞的我就是想像不出妳幫獅子動手術，或幫大象拔牙是什麼樣子。」

「但是媽，大型動物是我的最愛，我覺得很幸運，能夠在開始工作沒多久就去動物園出診。」

「到動物園出診？」父親開口了，「人的醫生早就不到家裏看診了，顧客自己會去看醫生。你為什麼要幫動物出診？」

派翠西亞馬上發現這是個千載難逢的機會，換她掌控發球權了，她是不會錯過這個機會的。「哎呀，這純粹是經濟學的問題喔，爸。」

亨利畏縮了一下，他並不習慣讓別人為他解說經濟學的要點，尤其是在自己家裏。他期待地看著女兒：「經濟學？是什麼樣的經濟學原理，造成了獸醫和人類醫生不同的行為表現？」

「需求法則啊。你老是說這是經濟學最基本的法則，好啦，你想像一下，如果有隻黑猩猩坐在我的候診室，客人對我的服務的需求量會產生什麼變化呢？」亨利裝出一副受不了的樣子，臉上的表情活像剛剛聽到一句老掉牙的俏皮話。佩吉和派翠西亞看他表演看得很高興，他不想破壞這個氣氛。

所以他忍住沒說出口，他故作惱怒有部分是因為女兒的錯誤，她把「需求」和「需求量」搞混了，對一個經濟學家而言這是很嚴重的錯誤，但是對獸醫而言卻不算什麼，亨利沉思著。他有一股衝動想要解釋清楚其中的差異，但佩吉的再來一份薄煎餅的提議似乎更加誘人，兩相比較之下，連好為人師的經濟學家都不需考慮就知道該選什麼了。

第六章

十二月二十二日，星期六

派翠西亞·史匹曼鮮紅色的福斯掀背車穿過查爾斯街，她和父親依照前一晚的計畫，前往波士頓購物。派翠西亞打算為父母採購聖誕禮物，史匹曼教授則樂意與女兒同行，順便自己買點東西。

「我們第一站是去菲林百貨嗎？」派翠西亞問，他們正沿著劍橋街往市區前進。

「可以啊，然後我們再去布朗菲德街，我要在那兒下車，到那邊的一家店去。」

派翠西亞把車開進停車場鎖好，和父親走向出口，沿華盛頓街走到波士頓最著名的百貨公司，一老一小在路上更專心地交換彼此的生活近況，儘管兩人都不像電視台記者播報新聞那樣條理分明。亨利解釋了他在哈佛教評會的工作近來耗去他許多時間，還有他要到倫敦去一趟，派翠西亞則談到了在費城交往的朋友、新公寓，還有明年夏天她打算去佛羅里達參加一個動物園獸醫的研討會。雖然兩人都全心投入在彼此的對話中，但仍無法完全無視於周遭其他人的存在，因為波士頓的聖誕購物人潮正接近顛峰，人行道和店家裏擠滿了人。

這一對父女走進菲林百貨之後，派翠西亞表示想要一個人逛。「你知道的，爸，買給你們的禮物我要保密讓你們驚喜一下。不然我們一個小時後在華盛頓街的入口碰頭如何？會不會太久了？」

「那就是十一點，」亨利．史匹曼答道，「我有很充裕的時間到處逛逛。」

儘管亨利．史匹曼很重視時間，他卻不認為「到處逛逛」是浪費時間或沒有目的的行為，因為他深信，當經濟分析用在人類經驗的每一個枝微末節時，其論述或研究最精彩的就是在商業世界。在二十世紀的傑出思想家中，史匹曼把英國經濟學家馬歇爾（Alfred Marshall）排名在凱因斯（John Maynard Keynes）之前，馬歇爾曾經形容經濟學是「對人類日常生活的研究」，而在十二月二十二日，在美國任何一個城市，到百貨公司購物無疑是最日常的活動。

但史匹曼發現菲林百貨有個不那麼尋常的地方，那就是地下樓層的商品定價方式。這套系統裏面有各種微妙的力量交互作用，有人類的智慧，有追求最大效用的顧客，有以營利為目的的公司，成為一個依照市場邏輯運作的經濟體系，深深吸引著史匹曼。

史匹曼離開秩序井然的一樓，搭電扶梯下到地下樓，還沒見到大批的購物人潮和堆積如山的商品，就先感受到那股喧鬧的氣息，這是菲林地下樓層所獨有的，而在一年的這個時刻，騷動只會提升得更高。

「這是我的，我先拿到的！」

「想都別想，老弟，我已經注意它兩個星期了。」

步下電扶梯後，史匹曼轉頭望向爭執的來源，兩個年輕人在搶奪一件粗花呢獵裝上衣，一人抓著一隻袖子，口舌之爭現在已演變成左右來回的拉鋸戰，突然其中比較膽小的那個鬆了手，只見勝利者匆忙趕往收銀台確保這次戰利品的主權。在菲林百貨的其他樓層，這場粗野的爭執必定會讓周遭的人目瞪口呆，但在這兒卻沒引起任何人注意，除了那位頭頂微禿的教授，他正在沉思這些現象的深層意義。

曾經有很長一段時間，菲林百貨由林肯・菲林主導，他設計了一套定價系統，用在波士頓市中心的百貨商場地下樓，與店內其他區域有所區隔。地下樓層擺放的都是特價商品，但打折的方式並不只是單純按照定價給予固定折扣，而是隨著時間，一步一步有計畫地按照一定比例增加折扣。首先，地下樓所有商品都打上一個特惠價格，但是這些價格每個禮拜會再減少百分之二十五，這些商品留在店裏的時間不會超過四個禮拜，因為此時的售價已經低到不能再低，到了這一步還賣不出去的東西，菲林的策略是捐出去送給慈善機構。

撇開「流動折扣」政策不談，菲林和一般百貨的地下廉價商場不同，不是因為品質較差所以賣得比較便宜，事實剛好相反，菲林地下樓所販售的商品，原先可能擺在樓上最高級的部門，為商品陳列架增添光彩；除此之外，從某些商品的標籤上可以看出，它們來自美國最高檔的百貨公司，這種情況也很常見。

稍有瞭解的顧客都知道，在三十天的期限之內，隨著時間過去，同一件商品每個禮拜都會變得更便宜，但無法預測的是，是不是有其他客人也在注意這件商品，會不會有人在價格降到最低點之前搶先下手。最低價格是促使顧客等待的誘因，可是在等待的過程中，許多失望的顧客學習到，你必須擔負商品被其他人買走的風險；另一方面，太早下手又代表著放棄省錢的機會，同一件商品只要稍等一會兒就會變得更便宜。在太早與太晚之間，光顧菲林地下樓的客戶彷如遊走在剃刀邊緣。

史匹曼馬上想到，這種情境他在參加荷蘭式拍賣（Dutch auction）的時候曾經體驗過，那是他到荷蘭進行一系列講座的時候，主辦單位知道他對市場行為有興趣，所以帶他到阿斯米爾鎮（Aalsmeer）參觀，他在那兒目睹了鬱金香花球的拍賣過程，讓史匹曼驚訝的是，荷蘭式拍賣是一種由高到低，完全顛倒過來的拍賣。史匹曼以往參加的是一般拍賣，在新英格蘭鄉間暖和的週末午後，他和佩吉會高高興興地去參加，主持人總是從低價開始喊起，開一個讓許多參加者迫不急待掏腰包的價格，但是出價會越來越高，直到只剩一個買家為止。

然而在荷蘭，一切程序都是反向進行，沒有主持人有節奏地反覆重述價格，而是把起價記錄在一個看起來像時鐘的表面，但這不是真的時鐘，上面的數字不是用來指示時間，而是代表價格，指針也只有一個，而不是兩個。這根指針會慢慢往低價的方向轉動，直到任何一位買家按下按鈕，停止時鐘的轉動為止，第一個按下按鈕的買家就是得標者。

荷蘭式拍賣和菲林地下樓的銷售方式可說是同一個模子出來的，菲林百貨裏瘋狂的購物者知道等太久可能會等到落空，而面無表情、不動聲色的荷蘭鎮民也一樣清楚如果猶豫太久，可能會永遠失去那批鬱金香球莖。

一下重擊讓史匹曼失去了平衡。一個體型龐大的購物者橫衝直撞，活像西班牙潘普洛納奔牛節時街上狂奔的公牛，撞到了這位微不足道的經濟學家，向前的衝力迫使他倒在一排浴袍中間，他試著抓住掛浴袍的衣架橫管，結果失手了，於是他一個踉蹌，先是倒在懸盪的浴袍上，接著倒在這一排毛巾布料的下方，從柔軟的棉布織品縫隙往外看，他可以看到購物者的褲腳和襪子，佔滿了剛剛他被彈出來的那條走道，嘈雜喧囂的程度一點也沒有減少。

亨利・史匹曼從浴袍下爬出來，食指頂著眼鏡的中間部分推回原位，起身拍掉外套袖子和長褲上的灰塵，然後檢查看看有沒有受傷；身上是沒有傷，但是他的自尊顯然受傷了，這一點可以從他羞紅的雙頰看得出來。他喜歡事情在他的掌握之中，四腳朝天的醜態讓他無地自容，他決定遠離危險的特價樓層，到家用品部門觀察消費者行為，風險應該沒那麼大。

「在這兒購物最好抱著打街頭生存戰的心理準備，亨利。」

在撤退往電扶梯的途中，史匹曼被一個熟悉的聲音攔了下來，他轉頭意外看到了咯爾文．韋伯，韋伯眼裏閃動著好笑的光芒。

「或是身高六呎三也行，」史匹曼回嘴，咧嘴苦笑了一下。「你在這兒做什麼？總不會是為了觀察市場均衡吧。」

「不是，不過我倒是看到我最喜歡的經濟學家處在一種罕見的，不均衡的狀態。那個傢伙撞得可真猛。」

「唉，我承認我在特價商場獲得的不只是特價而已。對了，謝謝你昨天留給我的便條，很高興丹頓把你也放進了委員會，除了丹頓和你之外，我還真不認識其他人呢。」

「喔，成員安排得很不錯，院長這次平衡調配得算好的，種族、文化、性別、科系——各方面兼顧。」

「丹頓可是箇中好手，」史匹曼回答。「起初他被任命為院長的時候，我還在想，真是浪費學術人才，可是他擔任院長的才幹不亞於學術研究，我所知道的其他每一位院長，都不得不把學術研究擱在一旁，至少沒辦法火力全開；可是丹頓不知道是怎麼辦到的，竟然可以兩方面齊頭並進。」

「對於丹頓的行政工作我完全沒有話說，只不過我認為他太天真了，老是想要拉攏教職員之間的關係，這是種自然主義的謬誤。就拿這次的委員會來說吧，他以為如果佛斯特・巴瑞和我必須一起工作，就能化解彼此之間的歧異，可是巴瑞是個死硬派，我是黑人，這不是把我們兩個並列在教評會名單上就可以改變的。」

「我不會說巴瑞是個死硬派，」史匹曼答道，「他是個傲慢的勢利鬼，這一點毫無疑問，他很重視社會地位，不過大家都知道他是個還不錯的學者，而且很關心學校。他只不過希望同事們的用餐禮儀好一點。」

「你說的對，亨利。巴瑞才不會反對深色皮膚呢，只要是來自好望角夏季陽光的日曬。」

「這和膚色無關，」史匹曼說，「佛斯特・巴瑞喜好攀附波士頓社會地位最高的家族，我和你都不屬於這一類人，這表示我們不會被邀請到他家享用晚餐，但是沒有理由認為他這種偏好會延伸到專業領域。」

「亨利，這個問題我們以前就討論過了，對於你那無休止的度量，我真不知道該喝采還是膽寒。馬庫色講過壓迫性包容（repressive tolerance），意思是有時候容忍本身就不應該被容忍，我同意他的話。」

「但是馬庫色從來沒有明確解釋過，我們要如何決定哪些人是不能被容忍的。我寧願站在巴瑞這一邊，也好過那些意識偏狹的政府委員會。喀爾文，這是個由來已久的問題：Quis custodiet ipsos custodet?」（譯註：此句為拉丁文，直譯意思為「誰來保衛警衛？」，常用於反詰需要自己本身服務的行業，如：「誰來教老師？」）菲林商場吵鬧依舊，兩位好友扯著嗓子努力壓過喧囂，喀爾文首先嘗試放低姿態，把兩人高來高去的話題給拉回地表。

「你要買什麼，亨利？我知道你不會是來享受被一群瘋子推來擠去的樂趣——我也是瘋子之一——沒事就來這兒晃。」

「事實上，我到這兒來不是要買東西，而是想看買東西的人，正看得高興，還在心裏做了些有關消費者剩餘（consumer surplus）的筆記，然後就被人從後面撞了，這可不是經濟學家常見的職業風險。」

「我的好友，你是出其不意被一個退休足球員給攻其不備，事實上我以前擔任邊鋒的經驗，在這兒非常有幫助。」然後韋伯的好奇心戰勝了自制力：「你真的常到這裏來，只是為了觀察人買東西？」

「並不常，不過每次到這裏我都覺得獲益良多。比方說，今天我就想到，菲林地下樓的特賣是經過精心設計的體系，以便從馬歇爾所謂的『消費者剩餘』中最大限度地獲利。」

「消費者剩餘？我懷疑英文系教授的薪水會有多少消費者剩餘。」韋伯裝作對老友的經濟學專題演講很感興趣。

「恐怕我不得不糾正你的想法，喀爾文。就拿你上衣口袋裏的原子筆來說吧，你花多少錢買的？」

韋伯低頭看著夾在口袋上的白綠雙色塑膠筆管。「五十分吧，」他說了個大概的數字。

經濟學家的食指往上移，指著韋伯的臉。「好，但是你知道嗎，米爾頓・雷諾（Milton Reynolds）在二次世界大戰之後發明原子筆，而且獨佔原子筆生產的時候，一枝筆要賣到十八塊美金？現在有很多家廠商生產原子筆，你花不到五十分就可以買到一枝。也許你不會願意當那個付十八塊錢的冤大頭，甚至十六塊錢也不願付，可是我敢說，和鋼筆比起來，為了獲得原子筆所能提供的方便，你願意出的錢絕對比五十分多出許多。不論這中間的差價有多少，都稱為你的消費者剩餘，而且你要知道，喀爾文，到處都可以獲得消費者剩餘。在一個有競爭的消費體系中，通常絕大部分商品的售價，遠遠低於人們願意為這項商品付出的最高價格，這個差價就是馬歇爾提出的消費者剩餘。不管是誰發明了菲林的地下樓特價商場，他確實把這個概念發揮得淋漓盡致。」

「怎麼說？」韋伯現在真的感到好奇了，因為史匹曼的熱情是有感染力的。

「菲林可以利用消費者剩餘獲取最大利益。你知道，在一般的拍賣會中，不管怎樣你都有機會出最後一次價，買下任何你真的非常想要的商品。如果其他出價者都不想要這樣商品，你可以在他們退出後以低價購入，那麼你的消費者剩餘可能會很高。但菲林地下樓就像荷蘭式拍賣，如果買家在追求消費者剩餘最大化的時候過了頭，就必須承擔完全失去這樣商品的風險。強烈想要某樣商品的消費者，會傾向成為第一個出價者，放棄等待過程中可能增加的消費者剩餘。」

「少來了，亨利，你以為菲林的經理讀過馬歇爾的書？」

「也許沒有——雖然馬歇爾原本希望商業界的經理人是他著作的主要客戶群。不過天才的經理人不斷地憑直覺發明新的商業行為，這些行為經濟學家往往要到多年後才能瞭解。」教授現在靠在電扶梯的側板上，雙臂交疊在胸前，一副休息的姿態，韋伯很清楚這表示經濟學的講課結束了。

韋伯決定不給教授任何機會重開講座，所以很快地轉移話題。「對了，一月八日的會議，你的回家功課都做好了嗎？」

「昨天我去領了最後一批，差一點沒辦法抬回立陶爾中心。有好多要看的，其中還有一些很硬，但是我希望能在開會前做好準備。你的作業怎麼樣了？」

「你可能還記得，這學期我減課，不用打考試成績讓我多了很多時間看候選人的檔案。今天早上我搭地鐵過來喘口氣，想看看有沒有適合我和我兒子的上衣外套，然後再回去弄教評會的檔案。」

「這樣啊，如果你打算再回到下面去，喀爾文，記得別讓菲林剝奪太多你的消費者剩餘。你要做的就是沉著一點，有耐心一點，還要先做好心理準備，偶爾空手而回也不算什麼嘛。」

說完史匹曼轉身，緊握著扶手往上升至一樓。

第七章

十二月二十二日，星期六

這家大型的美式百貨公司像是一座永遠不虞匱乏的巨大櫥櫃，儘管每天都有上千名顧客努力掏空裏面的存貨，尤其在聖誕購物熱潮這段期間，購物者更是使出看家本領，百貨商場的每一個出入口都擠滿了川流不息的人潮，進和出一樣熱鬧，看起來就像兩股往相反方向奔馳的激流在此交會。

亨利・史匹曼既屬於人群中的一份子，同時又不屬於人群。說他屬於人群，因為他也是聖誕假期的一位購物者，正在為這份騷動貢獻一己之力；說他不屬於人群，因為亨利・史匹曼正冷眼旁觀著這一幕，他是個超然的觀察者，不過現在他的觀察遇上了困難——他正在華盛頓街的入口處等女兒。

還沒見到人，他就先聽到女兒的聲音，或至少他認為那是女兒的聲音。一群手上提滿大包小包的購物者擋住了他的視線，一直要到女兒推開這群人出現他才確定。「希望你沒有等太久，恐怕我是逛到忘記時間了。」

「不會，我很高興妳遲到了，因為我也才剛到。我碰到了喀爾文・韋伯——妳還記得他，對吧？——我們稍微聊了一下。我還沒有機會買到我要在這邊買的東西，妳知道家庭用品部門在哪裏嗎？」

「知道，我下來的時候有經過。」

「那就讓妳帶路囉，派翠西亞。我想到要送妳媽什麼東西了。」

派翠西亞熟練地拉著父親穿過人群，因為明確知道家用品部門的所在地，所以她比那些消息較不靈通的顧客佔優勢，得以超越他們。亨利・史匹曼跟著女兒，心裏想著：購物者在找尋一樣商品時所耗費的時間，往往比找到之後選購所需的時間還要多，再次證明了資訊的價值。史匹曼領悟到，派翠西亞的知識幫助他找到了原本可能難以定位的商品，縮減了他的搜尋成本。

「有人為您服務了嗎？」一位店員問道，他看來已經被騷擾了一整個早上。

「我可以看一下你們的水果刀嗎？」

店員用手一指：「在那邊靠牆的地方。」刀具陳列在家用品部門東面的隔牆上，店員領著亨利過去，他們販售的商品包括小至挖取球狀果肉的迷你杓子，大至肉販使用的可以劈開骨頭的切肉刀。亨利・史匹曼要找的刀具沒那麼專業。

「我注意到今天早上妳媽媽切柳橙的時候很費力。她用那把水果刀已經好多年了，我想買一把新的、好一點的刀子給她。」

「新的水果刀，真是時髦又浪漫啊，」派翠西亞取笑父親。「記得包裝得漂亮一點，還要綁個蝴蝶結。光看盒子的大小，媽可能會以為那是一條手環，尤其如果包裝很精美的話。想想看，她發現裏面是一把水果刀的時候會有多開心。」

「我想蝴蝶結就免了，以示對亞當•斯密的敬意，他為從此以後所有經濟學家樹立了浪漫的楷模，他曾經說過：『除書以外，別無所愛。』說到浪漫，水果刀要比手環好多了。」史匹曼帶著惡作劇的眼神看著女兒，等著看她的反應。「妳很意外嗎？沒什麼好意外的，派蒂，浪漫是需要時間的，而銳利的水果刀可以節省時間。妳注意到今天早上妳媽切柳橙花了多少時間嗎？手環沒辦法幫她切得快一點，但是一把新的水果刀可以每天為她省下五分鐘，一個禮拜也許可以省下半小時的時間，這半個小時可以用來做浪漫的事，而如果我送她一條新手環，讓她繼續用舊水果刀的話，我們就不會有這半小時的浪漫時光了。」

他很快下了判斷：「請幫我把這個包起來好嗎？」他從面前各式各樣的刀具中挑了一把水果刀交給店員，瞥了一眼上面的價格標籤：「含稅總共是八塊三十二分，對吧？」他一邊問一邊把手伸進口袋。

「水果刀這麼貴不會有點不合理嗎？我想如果你再看一下，可以找到更好的價格。」派翠西亞揚起眉毛，露出質疑的表情。

「我完全確定，如果我今天一整天都用來找水果刀，應該會找到比這把低很多的價格。但是妳必須考量時間的價值，我不認為選購水果刀是消磨時間的最好方式。」

「這和今天早上我們進城的路上你跟我說的話前後矛盾。」

「我說的是……？」

「你說你禮拜一要請一整天的假，去選購新車。」

「那這和我不願意花一整天選購水果刀有什麼矛盾的？」

「因為你說到時間的價值。就我看來，花一整天買車和花一整天買水果刀，用掉的時間是一樣的。」

「妳說的當然沒錯，派蒂，但是如果我非常努力地尋找，最後找到了非常划算的汽車，和去找到更便宜的水果刀比起來，花在買車的時間顯然更值得，只要想一想兩者省下的價格差異就可以瞭解了。這也說明了為什麼個體會花更多時間選購高單價的商品，例如汽車，但卻只願意花比較少的時間選購低價商品，例如水果刀。當然了，在某個時間點，購物者會決定不值得花時間再去找另一家汽車銷售商，我也是出於同樣的原因，就在剛剛決定不再去逛其他百貨的家用品部門或五金行，儘管我可以料想得到，如果我去了最後一定可以找到更低的價格。」

年輕的店員帶著史匹曼選購的商品回來，看起來和之前一樣煩躁。「先生，這是您的東西——全部包裝得好好的了。」

亨利・史匹曼把東西拿在手上，調整好從頭包到腳的紫色長大衣，準備應付外面酷寒的天氣。「派翠西亞，如果妳能掩護我離開這兒，我們就可以出發前往布朗菲德街了。」

波士頓的布朗菲德街曾經是最大的郵票交易集散地，早年有好幾家交易商佔據了街上的店面，大量的集郵愛好者蜂擁而至，吸引他們的除了交易商豐富多樣的存貨之外，就算交易商本身沒有某張郵票，還是可以提供相關訊息，例如郵票現在流落何方、價值多少等。布朗菲德街也曾經佔據重要的地理位置，認真的集郵者在此交換小道消息，培養同好情誼。購物中心的興起導致市場分散，布朗菲德街風光不再，但仍有幾家打出名號的交易商屹立不搖。

史匹曼父女站在光亮的橡木門外，這扇臨街的門通往一個面對布朗菲德街的小門廳，門前由鐵製的安全柵欄保護，現在柵欄正像折疊的手風琴一樣，往旁邊的柱子滑動折疊收起；門上有扇橢圓形的窗戶，正中央印著以哥德式字體寫成的名字「布克哈特」。亨利・史匹曼停下腳步整理了一下思緒，認真的購物者通常都會這麼做，然後在女兒的陪伴下走進去。

「應該只會花幾分鐘，派翠西亞，我很清楚知道要買什麼。」他們走過鋪著白色八角形小磁磚的地板，走向頂端用玻璃製成的展示櫃，櫃子的外框是果樹材木，上面經過數千名集郵者的手撫摸，變得圓滑而老舊，這些集郵者一面談生意一面緩緩地磨光了木框的表面，顯露出複雜的紋理。櫃臺後面站著一位上了年紀的店員，佝僂的身形看起來像一個大問號，在他後方是一整面從地板直到天花板的架子，上面擺著大型的摩洛哥羊皮封面集郵冊，書背上用金箔浮雕出所涵蓋地域的名稱；書架旁邊堆著郵票目錄——史考特、吉本、明庫斯——客人可以把這些目錄買回家，裏面有各種郵票的價格和介紹，櫃臺上也放著幾本目錄，方便客人和店員翻閱。

「需要什麼服務嗎，先生？」銷售員輕聲地問。

「幾天前我來的時候和布克哈特先生談到一張『美國黑傑克』，現在決定要買了，我記得編號應該是一一八A。」

「那是一項很好的投資，」店員以多年經驗磨練出來的平靜態度回答。「您在蒐集美國總統嗎？」

「其實不是我，我的興趣是法國以前在非洲的殖民地。這是要送給一位好朋友的。」

「你不把這張加入你自己的收藏品嗎？」派翠西亞問。

「不，這張郵票是要給丹頓・克萊格的禮物，那是一張黑色的郵票，上面有雕刻精美的傑克森總統像。過幾天我和妳媽要幫克萊格夫婦辦個小型的晚宴派對，慶祝丹頓的六十歲生日以及擔任院長滿十週年。妳知道的，他熱愛集郵，然後潔西卡向我保證，這張郵票可以幫他完成一套很重要的郵票收藏，我希望送點特別的東西，為這個特別的日子留下紀錄。」

「啊，史匹曼博士，您已經決定好要不要買那張黑傑克了嗎？」亨利・史匹曼轉身面對克利斯托佛・布克哈特，他是這家店的老闆，也是東岸集郵者的龍頭，自從打日內瓦來到美國，三十五年來布克哈特一直在同一家店面、同一個地點買賣郵票，他的名聲遠播，因為集郵世界中每一張知名的重要郵票，都曾經至少一度經過他的手。他代表富有的客戶買賣這些珍稀郵票，也時常代表他們出席重要的拍賣會，只要有珍貴的郵票拍賣就看得到他的身影。玩郵票的行家都知道，和克利斯托佛・布克哈特打交道，你所面對的是一個猶如瑞士外交官一般，結合落落大方的儀態，以及冷靜謹慎判斷力的代理商。他的專業知識讓人趨之若鶩——他能夠評估郵票的現值，也能夠預測它未來的價值。每次只要有真正非常出名的郵票落入他手裏，他總是會在有人（通常是匿名的顧客）出價買下之前，把郵票放在面對布朗菲德街的小展示窗裏面展示。

「是的，我已經向你的店員下訂了。很感謝你願意抽時間陪我討論那張郵票。」史匹曼知道自己買的僅是中等價位的郵票，和布克哈特最近仲介成功的一枚郵票比起來，價位和名氣的差距幾乎得以光年計算，那是一張一八五六年英屬圭亞納發行的一分郵票，洋紅底配黑色圖案。但是他們兩人都清楚，任何郵票交易商所賴以維生的，主要是史匹曼這種買家。珍稀郵票不是可以常常遇到，布克哈特之所以重視珍稀郵票的交易，主要是因為那可以增加他的名氣，又可以掀起集郵的熱潮。

派翠西亞站在一旁，很感興趣地看著父親和這位著名交易商對話。從小到大，她不知在吃飯時聽父親說過多少布克哈特神機妙算的集郵故事，布克哈特就住在劍橋，事實上離史匹曼家並不遠，可是直到現在派翠西亞才第一次親眼見到他，眼前所見和她的想像截然不同，她原本以為會見到一個身材瘦高，感覺很有男子氣概的紳士——可能像是大衛・尼文和威廉・鮑威爾的綜合體——只要他動一動小指頭，就可以在拍賣場上戰勝歐洲的君主。然而，實際上站在她面前的，是一位上了年紀的男士，深色背心緊緊包著特大號的肚腹，細長的手臂滿天飛舞，一雙細腿上面頂著中圍寬廣的軀體，完全不成比例，腳上穿的是高筒的健康矯正鞋，圓盤臉上最大的特徵是突出的額頭，懸在眼鏡的上方。他的面容蒼白，因為身穿深色的衣物而更加凸顯，一張大嘴成半月型，對著顧客展露愉快的笑容。

「我要恭喜你買到了那張英屬圭亞納的一分郵票，展示期間有天下午我還特地開車過來看呢。」亨利・史匹曼對店主人說。

「我真是太幸運了，」布克哈特回應，「有個荷蘭來的仲介商，我聽說他代表的是新加坡的買主，獲得的指示是出價七十五萬美元，他們相信這個價格已經相當令人滿意了。我的指示則是八十萬美元，但是不能再高，所以當時真是非常驚險。買賣這麼高價的東西，你可不想因為幾千塊錢的差價而失敗，對我而言呢，這表示根本沒有佣金可賺。」接著布克哈特露出了微笑，直直看著史匹曼。「身為經濟學家，您一定感到很困惑，為什麼這麼微不足道的一張紙片可以賣到這麼高的價格。或者我的想法是錯的，教授？」

「是這樣的，從大小和重量來看，這確實是全世界最昂貴的東西，但是我一點也不訝異它的售價。一樣物品的尺寸和它在市場上的價值一點關係也沒有。」

布克哈特對史匹曼露出半月型的招牌笑容：「但是我必須要說，史匹曼博士，連我都覺得很奇怪，這張郵票在德麥拉拉（Demerara）發行的時候，當地的郵政局長只不過是因為倫敦發行的郵票用完了，所以印了一些臨時郵票應急，他用的是很尋常的版，帆船的小圖樣是從當地報社來的，然後他加上了一句拉丁引文，為了防止偽造，郵務員又簽上了自己的姓名縮寫。就因為多做了那麼一點點事，竟然可以賣到這麼高的價錢，實在很令人驚訝，我想您一定同意這一點。」

「會感到驚訝的，只有那些誤信生產耗費的勞力決定產品價值的人。曾經有許多經濟學家這樣相信，馬克思的信徒到今天都還這樣相信，但事實上你那張英屬圭亞納郵票的市價，就是這種信念的反證。」

「請告訴我為什麼，教授。這樣一來，當我說出這些小紙片的售價時，或許可以減輕某些顧客的震驚。」

「我完全可以想像他們震驚的樣子，因為一般人習慣以為一樣商品的價格和成本價差不多，這是自由競爭市場的常態。但是你的顧客買賣的是郵票，在這個市場中供給是固定的，郵票的定價完全依照主觀判定，一張郵票的價值，相當於任何買家願意付出的最高價，而這個最高價又取決於這位買家從擁有這張郵票獲得了多少滿足感。」

「但是我有些顧客買郵票純粹只是當作一種投資，一種對抗通貨膨脹的避險方式，並不會因為擁有某張郵票而感到什麼快樂——他們和真正愛好集郵的人不一樣。」

「他們擁有某張郵票時所獲得的樂趣，來自於確定自己在通貨膨脹的時候有安全可靠的投資，兩者是一樣的，不論一個客戶的滿足是來自於某張郵票的獨特性，或是來自於某張郵票抵抗通貨膨脹的能力，都是由顧客的主觀評價決定願意支付的價格。」

「很有趣的觀點，下次再遇到冥頑不靈的顧客，我會試試這套說法的。」

「布克哈特先生，布克哈特先生，不好意思打擾了。」

「什麼事，親愛的？」克利斯托佛・布克哈特的態度突然轉變，成為一位慈祥的長者。就史匹曼看來，和布克哈特說話的這位女性和他班上的大學生差不多年紀，綠色喀什米爾毛衣搭配蘇格蘭方格裙和Bass的平底休閒鞋，看起來很舒服。她就像是那種廣告上會出現的女郎，出現在百慕達群島的旅遊廣告上，刊登在搭飛機時放在座椅背後置物袋的航空雜誌裏面，足蹬名牌休閒鞋，身穿Ralph Lauren精選的運動套裝。

「很抱歉打擾你，但是不知道你還記不記得，今天下午兩點要打電話給瑞德派斯太太，向她報那張蒙特維多『恆星』的價格？你知道她很講究準時的。」

「那件事已經處理好了，梅麗莎，我今天早上就和瑞德派斯太太談過了。史匹曼教授，我要向你介紹一位非常特別的員工，這是梅麗莎・雪儂。」布克哈特說話的時候，把梅麗莎的手牽起來握在手中。

「您是史匹曼教授，那位經濟學家嗎？」年輕小姐活潑地發問，揚起雙眉透露她的期待。

「是的，」亨利・史匹曼回答，「這是我的女兒派翠西亞。」

梅麗莎・雪儂的目光轉向派翠西亞・史匹曼，又轉回她父親身上。「喔，我聽說了好多您的事情，丹尼斯・高森是我很親近的朋友，他可是你的頭號粉絲！」梅麗莎的臉在發光。

「高森？妳的朋友？我從來沒聽妳提過這個名字，梅麗莎。」布克哈特凝視著她，「他住在波士頓這裏嗎？妳是在哪裏認識他的？」布克哈特一連串的問題嚇了史匹曼一跳。

「丹尼斯・高森是我們系上的一位年輕教師，也是一位非常有才華的經濟學後起之秀，」史匹曼回答，與其說是回應梅麗莎・雪儂的熱情，不如說是在回答布克哈特的問題。

「我懂了，有才華的年輕人。為什麼我以前沒聽妳說過，梅麗莎？」

「我以為我跟你提過了。」

「沒有，我很確定我從來沒聽過這個名字，直到這一刻為止。」

「如果是這樣的話，那你一定要見見他，雖然我知道丹尼斯對集郵一點興趣也沒有。」

「我不會因為這樣就討厭他的，梅麗莎，一點也不會。妳一定要找個時間帶他過來，妳的任何朋友都像是我自己的朋友一樣受歡迎。」

這段對話在店員帶著郵票出現的時候嘎然而止。「您的黑傑克，先生，我已經幫您用盒子裝起來了。這筆款項要記帳嗎？」

「你把這筆錢記在亨利・史匹曼教授的戶頭裏吧，菲力普，」布克哈特主動提議。

「那就太好了。還有就是，」史匹曼把小包裹收進大衣口袋，眼中閃過一絲調皮的光芒：「如果你的店員犯了一個小小的錯誤，讓克萊格院長打開禮物的時候看到一張洋紅底黑色圖案的八角形郵票，上面有一艘帆船，表面略微磨損，蓋著德麥拉拉的郵戳，還有E.D.W.三個縮寫字母，那麼克萊格寫給我的感謝函不論多麼的文情並茂，都將無法表達感激之情於萬一。」

第八章

十二月二十二日，星期六

墨利森・貝爾抬頭看著天空，往北可以看到一道黑暗的積雨雲鋒面正朝向這邊而來，往南的天空仍是一片寶石藍。他聚精會神地觀察了好一陣子的雲，今天早上波士頓的氣象觀測人員預測會下更多的雪，他的觀察和氣象預報一致。許多新英格蘭居民習慣密切留意天氣，因為氣象變化可能會影響他們慣用的交通方式，但貝爾不屬於這一類居民，因為他家離學校很近，而且不論天氣狀況如何，他總是走路去學校。他之所以注意天氣是出於別的原因——他屬於新英格蘭的少數份子，熱愛賞鳥、餵鳥，對於愛鳥人而言天氣是極端重要的，越冷冽的冬天，越需要他們為這些生物付出努力。墨利森・貝爾和許多「西嶽山社」（Sierra Club）的同好一樣，一個冬天就可以用掉好幾蒲式耳的種子做飼料，直到春天來臨，鳥兒比較可以自立更生為止。

貝爾穿著厚厚的羊毛衫抵禦清晨的寒氣，從車庫走到後院，右手提著裝混合種子的桶子，種子上面放著一團淡黃色凝固的動物油脂，貝爾知道鳥兒需要種子維生，高熱量的油脂則可以使牠們維持體溫。他左手握著鐵鎚和杓子，杓子是用來把種子倒進三個筒狀餵食器的上方，然後他會挑一根比較低的枝幹，用鎚子把油脂釘在灰色的楓樹上，這棵樹位於三個餵食器的正後方，樹上的葉子早已全部掉光。三個餵食器擺放在固定的位置，讓這位哈佛數學家可以透過一大片玻璃，從主臥室望向後院，清楚看到來訪的小客人。

貝爾抬高手臂，把補充的食物倒進餵食器，呼出的氣息噴在透明合成樹脂製成的管子上，在太陽的照射下閃爍著光芒。他一一檢查了每個餵食器上防止松鼠偷吃的裝置——已經連續好幾個冬天他都被松鼠打敗，聰明的松鼠總是可以偷吃到鳥兒的食物，如果他出來趕松鼠，又會把鳥兒嚇跑。今年冬天貝爾終於以智克敵，他用一個金屬薄片製成的管子，內徑比支撐餵食器的粗管略大，但是長度只有一半，把這個管子套在支撐柱的外面，用繩索固定在頂端，繩索穿過位於供食器圓筒底部的一個小滑輪，然後再從支撐柱中間的空洞往下穿回來，尾端掛上一個砝碼，比套管稍微重一點點，但小到可以在支撐柱中間自由的上下移動，如此一來在正常情況下，套管會包住支撐柱的上半部，因為砝碼的重量而停留在那兒。

抱著好笑又好玩的心情，貝爾看著聰明的松鼠想出辦法克服了各種障礙，爬到支撐柱的一半，到此時為止，牠們還很有信心可以到達最終的目標，但是等爬到了套管，牠們本身的重量會拉著套管往下滑，最後降落到地面，等松鼠放開套管，套管又會回到原位。貝爾從經驗中學到，最後松鼠還是會在這場遊戲中找出打敗他的方法，但是至少現在，他在這場人獸之戰中佔了上風。

墨利森・貝爾今天的行程很忙碌，但他總會在週末的早上保留一段時間賞鳥。在家從事自己的興趣，對他來說幾乎沒有任何不便之處，貝爾是個善於應變的人，他把床擺在面向落地玻璃窗的位置，從窗戶就可以看到後院，而由於鳥兒是不定時飛來取食，所以他的戰鬥位置是靠坐在床上，旁邊放著目前工作所需的資料，雙筒望遠鏡就在伸手可及的地方，好在他喜歡的鳥兒飛撲下來取食的時候使用；床頭櫃上的日誌，則是用來記錄他觀察到的罕見品種。

春季不需要餵食的時候，貝爾便加入認真的賞鳥人行列，時常造訪附近的奧本山墓園。由於位在候鳥遷徙的路徑上，墓園成了賞鳥人的天堂，特別是在五月前半，有許多種類的候鳥遷徙過境。貝爾對這項嗜好熱中的程度到甚至自己就擁有一把墓園大門的鑰匙，好在墓園開門之前的一大清早就可以進去。

今天貝爾的第一要務是看完剩下的教授升等候選人檔案，在前往後院檢查餵食器之前，他才剛看完自然科學相關領域的候選人資料，現在要開始檢閱社會科學類的檔案。

餵食器已經引來了一群冠藍鴉和麻雀，但沒有讓他特別感興趣的鳥類。運氣好的話，也許可以等到暗藍灰色的燈草雀，或甚至是翅膀上帶著白斑的紅交嘴鳥，但是到目前為止還沒有值得多看一眼的鳥兒，所以貝爾只好認命地做他的工作，繼續閱讀另一份檔案。

他拿到的第一份檔案是經濟系提出的候選人，貝爾瀏覽了裏面的標題，很慶幸地發現有一篇作品的主題和他的興趣很有關係，講的是環境污染，使用的還是他最喜歡的解說方式，數學，這讓他更高興了。這一篇文章很簡短，只有一般學術文獻註解的份量，標題是〈競標污染權〉，作者是貝爾不認識的一個年輕人，名字叫做丹尼斯·高森。貝爾很快就弄清楚了這篇文章的論點，雖然內容以數字呈現，但重點可以濃縮成短短幾句話：為了達到主管機關認定為合理的任何空氣污染標準，應該允許公司行號出價購買污染執照，高斯認為，以這種方式可以耗費最少的社會總成本達到空氣品質標準，並且聲稱這個論點已獲證實。

「污染執照」，讓我想到○○七的殺人執照，貝爾對自己說。光是這個詞就讓他感到渾身不舒服，為什麼不乾脆順便賣搶劫執照、強姦執照算了？貝爾其實希望立法一次痛快地杜絕所有空氣污染，他有很多朋友和他意見一致，他所關切的不只是自身的福利，也不僅是出於對野生動物的關愛，墨利森·貝爾和妻子所共同恐懼的是，新英格蘭地區的空氣污染，尤其是當地工廠排放的二氧化硫和來自中西部的酸雨，會損害兩個女兒的健康，縮減她們的壽命。曾經有一度貝爾認真考慮去西南部的學校任教，如此便可以把全家遷往他認為比較安全的地區，但是他決定留下來，透過西嶽山社的力量，努力改善環境。有些數學系同事與他有志一同，真心認為污染是個很嚴重的問題，他沒辦法想像其中任何一人會被說服，同意新英格蘭的工廠應該有購買污染執照的權利。

貝爾放下文件複本，注視著窗外，此刻三個餵食器附近都沒有任何鳥兒，也沒有嘗試偷吃種子的松鼠，後院渺無生機。在貝爾的眼中，這樣的景色預示著未來，如果無法清潔環境，未來就會是這副光景。就貝爾看來，像高森寫的這種文章，雖然難以察覺，但不過是迎合特殊利益團體的口味，他們不想要更潔淨的空氣和水。

貝爾不是什麼激進的政治份子，他也不認為自己屬於反商業行為人士，事實上從外表看來，他和他的家人屬於典型的美國中上階級。讓貝爾無法接受的是，高森基本上認為污染是不可避免的，這位經濟學家所做的努力只有試圖以最低成本製造污染，這真是太荒謬了！在高森列出的所有等式中，有沒有留任何空間給更多的蟲魚鳥獸和植物？有沒有等式可以計算健康的肺、更長的壽命的價值？貝爾想到，高森正是一個最佳例證，一如王爾德用精鍊的語言所勾勒出的犬儒主義者：對各種事物的價錢一清二楚，卻對它們的價值一無所知。

一個餵食器旁起了一陣小小的騷動，打斷了他的思緒，他往外一瞥，看到一隻脖子上有塊白色斑紋的麻雀，獨自棲息在餵食器的樺頭上，驕傲地展示著頭頂黃、白、黑三色的條紋，鳥喙上夾著一顆向日葵種子，很快地被吞食不見，然後鳥兒的頭部彷彿在演奏斷音似地，一頓一頓地轉向啄取另一顆種子。貝爾小心翼翼地伸手取過雙筒望遠鏡，才能夠以特寫鏡頭觀察這隻整個冬天都沒出現過的鳥兒，望遠鏡到手之後，他一動也不動地躺在床上，以免驚動了嬌客，所有與教評會相關的念頭全部消失無蹤。

床頭電話的鈴聲，迫使他回到現實。讓他驚奇的是，打電話來的不是別人，正是急著想見他的丹尼斯・高森。

閃閃發亮的銅鍋、平底鍋等鍋具吊掛在橢圓形的架子上，下方安置著一張可以直接在上面切菜的工作桌，桌子擺在寬敞的廚房正中央，這間廚房是佛斯特・巴瑞的驕傲，也是歡樂的來源。天花板南端裝了兩扇天窗，引進冬日明亮的陽光，工作檯後方的牆壁上，在高出檯面的部分貼了一圈荷蘭台夫特磁磚，為房間增添了幾許典雅的風情，調和了廚房裏其他功能取向的科技產品的冷硬感。工作桌上放著半顆新鮮鳳梨和幾莖芹菜，佛斯特・巴瑞選了一把銳利的刀子，開始把芹菜斜切成只有紙片厚薄的長條，哈佛的古典文學教授正在準備週六的饗宴。

週六對巴瑞來說很特別，他總是把早上的時間空下來，試做一道新菜當作午餐，如果這道菜通過他的嚴格審核，就有可能成為宴客時的菜色，為他那嘉賓雲集、遠近馳名的早午餐宴會增添光彩。為了準備教評會的會議，這個週六巴瑞不得不犧牲例行公事的時間——一月八日前還有很多資料要看，所以只好縮短享受烹飪的時間。他正在試做的是一道蟹肉沙拉，不需要花太長的時間準備材料，也不需要烹煮食物，所以巴瑞可以把芹菜和鳳梨泡在橙酒裏，然後回去工作。

佛斯特‧巴瑞發現自己名列教評會委員的時候很驚訝，因為他知道自己在哈佛教職員的圈子裏不是很受歡迎，不是因為他的學術表現引人詬病；事實上遠非如此，巴瑞樹立了很高的學術研究標準，問題是他用同樣的高標準衡量別人的家庭背景，「上流社會的教養」，他可能私底下會這麼說，希望這套標準能夠在教職員之間通行。但事與願違，他發現自己身處的學術社群中，有越來越多來自不同種族、國籍、經濟背景的學者，學校行政的人員似乎也越來越不在意，向學校提出申請的學生擁有什麼樣的家世血統。曾經有一段時間，那是在他教授生涯的早期，偶爾會有負責處理入學申請的行政人員來找他，詳細詢問學生的家庭背景與人際社會關係，因而使巴瑞相信這一類細節有其重要性，就像SAT成績或GPA一樣重要。現在幾乎沒人會來向他求教，仰仗他對新英格蘭貴族世系的知識，除此之外他還察覺到，在哈佛核心圈佔有一席之地的人中，他歸類為「正確」人選出現的機會越來越少。

佛斯特‧巴瑞對這一切感到很遺憾，他不願意把自己的母校暨現在的雇主，看做是個大熔爐，他的取向是訓練最聰明而且優秀的學生，不能只是聰明而已，而如果遇到兩者只能擇一的情況，那麼犧牲天賦的聰明才智選擇較佳的家系血統，比較可以造就符合巴瑞理想的哈佛畢業校友。

在走進廚房之前，巴瑞一直在看院長辦公室提供的候選人資料，其中少數幾個他曾經在教職員俱樂部見過，他發現年輕的教授中沒有幾個珍視這項傳統，大部分的人根本不知道這個曾經為校內人際互動增添光彩的傳統，而且巴瑞懷疑，就算有人告訴他們，他們也不會在乎。巴瑞檢閱著收錄在檔案中的作品，看不到他稱之為「文理科學整體綜合結構」的格局，全都是專門家：這些年輕學者探求的不是知識的深度與廣度，僅是在自己領域最細微的邊邊角角疊床架屋。他隨便挑了一份天文學家和一份數學家的資料，要是有機會問他們對希臘人的看法，他猜測他們第一個想到的，應該是按傳統以希臘文取名的兄弟會和姊妹會。

巴瑞把檔案放回餐廳的桌子上，他已經在這兒工作好一陣子了，然後他走進廚房，從盒子裏拿出半磅新鮮的蟹肉塊，準備加上他一個小時前製作的醬汁，一邊注意不要弄碎了肉塊，因為這要做為醬汁的一部分。手上做著動作，眼睛不經意地瞄到包裝上的價格，這一頓午餐還真是不便宜，他心裏想著。

這是另一個讓巴瑞煩惱的問題，他的社交往來造成了大筆的開銷，週末請客吃頓早午餐，光是食物和飲料的花費就可以輕易上攀五百美元，他在好望角的夏季小屋又持續消耗可觀的金錢。他的家族經濟來源曾經充裕無虞，但隨著新英格蘭製鞋工業劃上句點後便跟著一蹶不振，現在他主要依靠教授的薪水過活，而且他知道，他的薪水低於其他科系的許多同僚。

他覺得大學的薪資分配完全不合理又任性，憑什麼剛從研究所畢業的物理學家或經濟學家拿到的薪水高於人文學科的老牌學者？他早就注意到哈佛有這種現象，並且認為這是一種症候，顯示哈佛已由扭曲的價值觀所主宰。更讓人不能忍受的是哈佛商學研究所的薪水，不說別的，謠傳新任的會計學助教授賺的比很多科系的終身職教授還多，例如英文系、外語系、歷史系，還有巴瑞所屬的古典文學系。

巴瑞把蕃茄切片排放在他最好的骨磁盤子上，再用湯匙舀取做好的醬料淋在上面，然後把盤子端到餐廳，放在早就精心擺設好的餐桌上。他開了一小瓶冰涼的夏布利酒，背向廚房坐下，調整椅子到靠近餐桌的舒適位置，攤開亞麻布餐巾放在膝上。巴瑞滿心歡喜地看著盤子裏的蟹肉沙拉，滿意的切了一小口送到叉子上。

還不錯嘛，他想著。也許下一次少放點利口酒，多灑點白胡椒，就十全十美了。他再嚐一口，品味著在口中混合的風味。巴瑞咬了一口小餅乾，直視著前方，些許不悅的神色爬上他嘴角，他想到了今天稍早讀到的一些文章，破壞了興致。他們的興趣怎麼會如此狹隘，想像力如此貧乏，他們的味蕾早已被塑膠食品麻痺了，怎麼可能體會蟹肉沙拉的美味。巴瑞輕啜一口夏布利酒，享受醇酒的芳香，他審視著餐桌，嘆了口氣，然後低聲抱怨：「這些可花掉了我不少錢。」大學裏面品味最高雅的教授似乎總是拿到最悲慘的薪水，這實在是太不公平、太諷刺了。他在法國文學系和哲學系任教的朋友也常有同樣的感慨，有時候感覺簡直像是俗世的財富分配，依照的是某種與需求相反的法則，就拿那個經濟學家來說吧，巴瑞午餐前正在讀他的作品，他真是比聖經中的非利士人還要俗不可耐。

巴瑞很快地看過丹尼斯・高森的文章，便獲得足夠的資料，可以預測高森這個人只關心市場上狹隘的爭權奪利，一瓶頂級的蒙哈榭白酒他是既不感興趣也沒有用處，但是和地位相當又有著高雅品味的古典文學家比起來，高森卻更負擔得起這種奢華享受。

巴瑞思索著，像高森這樣的年輕經濟學家，已經偏離了經濟學最初的定義不知道有多遠！對古希臘人來說，經濟學就是管理家庭的學問，按照這層定義，佛斯特・巴瑞認為自己比經濟學系提名的專業候選人，高森，還要夠資格稱為經濟學家。高森可能會認為，要以經濟的方式管理家庭開支，就是帶全家去吃麥當勞，開銷遠遠低於巴瑞剛剛吃的那頓午餐。像巴瑞這樣品味精緻的風雅之士，需要的錢當然多於中產階級的同事。

吃下最後一口蟹肉清空盤面，巴瑞做了個結論：在一個公平正義的世界中，一個人的收入應該與他的品味相稱。

第八章

現在是半夜十二點，走道上空空如也，蘇菲・尤斯提諾夫總是等到這個時間才出來採購日常用品，儘管已經在美國生活二十年以上，她還是怎麼也沒辦法習慣美國的超市。她如同一陣風般在走道間穿梭，右手結實的前臂上掛著超市的購物籃，錢包用手肘緊緊夾著，貼靠在身體的一側，因為不喜歡採購的工作，所以她以高速移動，希望盡快完成這個麻煩的任務。在她劍橋住宅附近超市工作的晚班店員，早已習慣在為商品上架的時候看到她在走道上一臉正經地來來去去，還給她取了個暱稱叫「趕路教授」。她似乎完全無視於店員的存在，只顧匆忙地選購商品，一邊喃喃自語，任何趕得上她腳步的購物者，都可以聽到蘇菲・尤斯提諾夫對各種商品的評語。

「不好，不好，不好，」她用空著的那隻手快速地轉動蘋果，一粒接一粒，以專家的眼光迅速打量，最後她舉起雙手，做出駁回的姿勢，否決了這一整批貨。「全部都不好，這些竟然叫做『金香蘋果』，一整堆裏面沒有一個香的；說是無味還可以，香味絕對沒有。」蘇菲・尤斯提諾夫認為美國人根本不懂蘋果，俄國蘋果才真正稱得上香甜可口，她還記得小時候，在叔叔的院子裏摘蘋果，入口微酸而不澀，甜而不膩，清脆又不帶果皮的殘留感。還有櫻桃，她已經有二十多年沒吃過值得一提的櫻桃了。

但是她對俄國水果的思鄉之情，還沒有強烈到足以讓她決定返回祖國。在二次大戰後的動亂期，她跟著父母永遠離開了家鄉，蘇聯的共產主義對她一點吸引力也沒有。她出身於貴族世家，共產主義和她心目中的文明社會是兩個互相對立的世界，共產黨員吞沒了她父母、祖父母的房地財產這一事實，更讓她無法對蘇聯產生親近之情。當她還是個小女孩的時候，聽著僕人成群的故事但卻沒有任何佣人服侍，她便夢想著自己生活在一個貴族統治的社會，但是當她和父母抵達紐約，她便停止幻想，下定決心要在美國打造新生活。初來乍到之時，她藉著研讀英美文學熟悉西方世界，培養出對詩歌歷久不衰的熱情——「這是俄國人的天性，」她會這麼說。但是在職業上，她選擇走上自然科學研究這條路，她的努力不懈加上在實驗方法上的天賦，幫助她成為一位舉世公認的有機化學家。

尤斯提諾夫教授拒絕了超市供應的水果，動作敏捷地離開農產品區，在走道盡頭急轉彎向右，小跑步通過乳製品區，拿了一盒酸奶油、一盒蛋、一包明斯特乾酪，再一個急轉彎，這次是向左，進入一條長長的走道，整條走道除了清潔劑以外沒有其他商品。

「愚蠢，你看看有多愚蠢，這些架子上滿滿的都是。只要一個好牌子就夠了，走道也可以從五十呎縮短到五呎。」深色的眼睛掃射過一排排的紙盒和容器。

「有了，漂白劑。」她毫不遲疑地選了標價最低的漂白水放進籃子。「難道他們不知道漂白劑就是漂白劑？百分之五點一五的次氯酸鈉溶液，全部都一樣，花錢買貴的牌子實在太荒謬了，」她繼續自言自語，「啊，我記得有一個人——叫什麼名字來著？——高昇？高進？——他說了什麼來著？他寫了一篇文章，是怎麼說的呢？——正確的數目，不對，是最佳品牌數。」

蘇菲．尤斯提諾夫才剛看完幾個候選人的檔案，應付一下教評會的工作。身為一個化學家，她很意外看到丹尼斯．高森的論文，裏面的論點是，一定數量的品牌增殖對消費者有益，他聲稱找到了理論上最佳的品牌數，如果超過或不足這個數目，都會損害消費者的利益。

蘇菲．尤斯提諾夫知道，很多不同廠牌販售的產品，化學成分其實一模一樣，漂白水只是其中一例。她有個哈佛化學系的同事曾經擔任一家知名煉乳製造商的顧問，他說這家公司用自己的名義販售的煉乳，和他們賣給食品雜貨商，讓雜貨商掛自己的品牌販售的煉乳，兩者並沒有不同之處，然而價格卻有顯著的差異。還有阿斯匹靈，她知道阿斯匹靈的成分是乙醯水楊鹽酸，所以她總是買最便宜的牌子。「如果這位高昇先生懂一點化學，他可能會得到相當不一樣的結論，」她一邊採購一邊喃喃自語，「只要一個牌子就夠了。」

經過幾段短短的旅程，現在購物籃接近全滿，蘇菲．尤斯提諾夫前往結帳前的最後一站，她總是把這個地方留到最後，放慢腳步，為娜塔莎，她心愛的俄國獵犬買東西，需要精挑細選，一定要最好的才行。談到挑選狗食，娜塔莎的女主人相信價格代表品質，另外還要考慮多樣性，也許會有新口味的狗食，或新的玩具上市，畢竟娜塔莎可不能天天吃同樣的食物，會吃膩的；玩具也是大概一個禮拜就會失去興趣，或被她咬壞。

蘇菲・尤斯提諾夫仔細巡視著排列整齊的寵物食品和用具，努力很快就有了回報，她找到了一個賣狗零食的新品牌，叫做「汪汪美食家」，架上已經有好幾種獨特的口味，其中一種格外引起她的注目——魚子醬薄餅。她從架子上挑了一盒，走向櫃臺結帳。

第九章

一月七日，星期一

史匹曼家門前的人行道和台階經過清掃，已經不見下午那場小雪的蹤影，大門上方角落裏，廊燈灑下橢圓形的柔和光輝，映照著房屋的正面，呼喚客人踏入寬敞的起居室。時間是一月七日的傍晚時分，教授升等與終身職評鑑委員會的成員在此聚會，目的有兩個。

委員會大部分成員認為這是個好主意，在第二天一早展開馬拉松式的激烈討論會議之前，先辦個暖場的活動，期望能使會議進行得更和諧與順暢，在全體成員一致通過的情況下達成結論。但這次聚會還有第二個目的，所有成員裏面只有一個人不知道，那就是院長。亨利・史匹曼通知了所有人，他想藉這個機會送一份驚喜禮物給丹頓・克萊格，慶祝他就任院長滿十週年暨六十大壽。克萊格獲得幾乎所有資深教職員的敬重，甚至可以說是愛戴，這種情誼在哈佛的教授和行政人員之間鮮少出現，簡直有如一八五六年英屬圭亞納發行的洋紅底黑色圖案一分郵票一般珍貴，也是因為這股情誼，促使委員會幾乎所有成員不僅一致贊成送一份特別的禮物給克萊格做為驚喜，還堅持一起出錢購買禮物。

亨利・史匹曼把黑傑克放在一個小小的禮物盒裏面包好，還邀請了克利斯托佛・布克哈特一起來參加派對，並且請他晚一個小時，在送禮物的時候抵達，怕他太早出現會破壞了驚喜的氣氛，因為丹頓・克萊格對於集郵非常熱中，時常光顧布克哈特的店面。

佩吉・史匹曼微笑著在賓客間穿梭，手上端著一盤色彩繽紛的開胃小點，是她當天提早準備好的，亨利則是負責注意供給客人喝的飲料。「佩吉，這麼美味的開胃菜，妳一定要給我食譜。」佛斯特・巴瑞跟著佩吉回到廚房。「實在是太了不起了。」

「做法很簡單，佛斯特，不過就是切碎了的黃瓜、奶油起司、荷蘭芹。」

「我知道，但是調配的比例太棒了。」

「好吧，我可以試試看重做一次，但是我可要先警告你，做菜的時候我很少會去量比例。」

「巴黎的手藝精湛的大廚也不會。」

「巴黎！你們也在想巴黎啊。這次去不成實在太可惜了。你們一定知道，我們的船停在南漢普頓的時候有多麼接近美麗的巴黎。」蘇菲・尤斯提諾夫到廚房來找加在飲料裏的冰塊。

佩吉接過她的玻璃杯，廚房的櫃臺上有個放冰塊的箱子，佩吉從箱子裏拿了些乾淨的冰塊放進玻璃杯。「妳可以自己去巴黎，不用跟著我們其他人一起飛回來啊。」

「但是金愛的，出門那麼久，我的小娜塔莎要怎麼辦呢？她好黏我，就連出門個一、兩天，她都會鬧脾氣，想我想到吃不下飯。不行，不行，為了我的小娜塔莎，就算巴黎也可以犧牲。」三個人都笑了，蘇菲和娜塔莎是法蘭西斯大道上常見的兩個身影，一天三次，娜塔莎的女主人會帶她出來散步，健行到與校園交界的轉角再回頭。年復一年，尤斯提諾夫教授每個學期的課表，永遠跟著娜塔莎早、午、晚間的運動行程跑。

在起居室門口，有一組四個人正聚在一起，邊啜飲雞尾酒邊交換寒暄，其中兩位女性互不相識，所以一開始的談話焦點集中在基本資料：在這兒住多久了？現在住在哪一區呢？覺得那附近的學校怎麼樣？從事哪一行呢？天氣這麼冷，增加了很多麻煩吧？之類之類的。喀爾文・韋伯挑著自己盤子裏散放的幾塊起司，聽著妻子的回答，他常在妻子回答別人尋常的問題時，從中得知她的想法。

但是今晚並沒有談到任何韋伯不知道或沒聽過的問題，所以他決定到別處尋找更青翠的牧草來滿足談話的胃口。他漫步來到餐廳，四下張望，看到亨利・史匹曼正在和貝爾夫婦聊天，韋伯有點猶豫不知道該不該過去，因為從他們交頭接耳的親密模樣看來，似乎正在私底下商議著什麼事。但史匹曼從眼角餘光注意到了韋伯的猶豫，便向這位朋友招手示意，他正要總結一段有關管理的談話。

「就和商業界一樣，」史匹曼抬頭，對著他的聽眾說，「大家都同意管理是生產的關鍵環節，需要由管理人員組織其他因子，連結形成一貫的產銷體系，在政府和非營利組織中也是如此，不論是政府機構的領導人，或學校科系的主任，或醫院的行政長官，一個組織的成功或失敗，經理人扮演著很重要的角色。這些話你們可別傳出去，」他的聲音低到只比耳語大聲一點的程度，眼光很快地掃視全場，看有誰聽得到他說的話，「我們系就是我剛剛那段話最好的例證，現階段我們剛好遇到一個很糟糕的經理人在經營這個組織。以前昆西・蘭做系主任的時候，十年來我們系都是和諧與效率的楷模，不是因為沒有嚴重的意見分歧，也不是因為沒有個性令人難以忍受的害群之馬；事實上情況正好相反。但是那時我們有這樣的系主任——或者如果你們願意的話，也可以稱他為一位經理人——他知道如何讓每個人發揮所長，把摩擦減到最低限度。一群志向遠大又有能力實現的人，不得不在同一個團體中協力合作的時候，摩擦總是難免的。」

墨利森・貝爾和太太瓊安兩人饒有興味地聽著這席話，經濟系教授之間顯著不和，在哈佛校內已是人盡皆知的事，但是從來沒有人出面解釋過其中的緣由。喀爾文・韋伯也被挑起了興趣，認識史匹曼這麼多年以來，他不記得有任何一次聽過這位朋友談論系上的事務。這些年韋伯曾經觀察過自己系上的派系鬥爭，他非常訝異這些鬥爭竟然可以引發如此激烈的情緒，說到底，在爭執中勝出的贏家並沒有什麼值得誇耀的，也許是薪水多一點點，辦公室大一點點，或是有權力決定研究生獎學金或客座教授的人選。「那又怎樣？」韋伯常想。就他看來，和爭鬥之慘烈相比，這些戰利品似乎相當微不足道。但他仍然全神貫注地聆聽史匹曼發表高見，因為他知道對於各種平凡的現象，他的經濟學家朋友往往有嶄新的獨到見解。

「我的經驗是，一個系如果四分五裂，問題不是出在資深教師之間做事的方法，就是因為彼此之間個性差異太大。」墨利森・貝爾發表他的意見。

「不對，親愛的，你不記得康乃爾的情況了嗎？」瓊安・貝爾插嘴，「那個系主任是馬基維利（Machiavelli）的信徒，相信各個擊破是最佳手段。」

史匹曼大搖其頭：「也不是這樣，真的，我們不是這樣。我們系上沒有分裂，我們的系主任，李奧納・柯斯特從不選邊站支持特定團體，也從不像馬基維利一樣耍弄權謀，煽動小團體互相對抗，鞏固自己在系上的地位，他更沒有籠絡親友、排除異己。說明白一點，就是他有一套可能是他自己發明的，獨一無二的策略，他發現如果一個科系持續失去平衡，權力就會集中在系主任的手上，行政部門更需要依賴系主任做為溝通的管道。我也許不喜歡他的居心，但是我必須承認，他用來達到目標的手法非常具有原創性，我根本不確定他是怎麼做到的。」史匹曼露出無可奈何的笑容。

「我聽起來覺得像是康拉德書裏面的殖民地主，」韋伯若有所思地說。

「你說什麼？」史匹曼問。

「康拉德《黑暗之心》裏面的殖民地主。你們知道這本書嗎？」貝爾夫婦讀過這本書，但已經是很久以前的事了，史匹曼則坦白承認從沒看過。

「哎，沒看過是你的損失，亨利，請不要介意我這麼說。在故事裏有個人——我們現在知道那是康拉德自己的化身——駕駛一艘汽船溯河而上，深入剛果叢林，遇到一個負責控制殖民地的人，用你的話來說就是管理，不過他是用不安定的手段來管理那塊地方。他所管理的人不喜歡他，也不怕他，對他沒有半分尊重。他既不組織，也不革新、不計畫，完全不做這一類的事，沒有任何作為可以突顯他經理人的身分——不論是好的或壞的方面。但是他保住了他的位子，年復一年，因為他激起了不安定的狀態。這讓我想到你們的系主任，你剛剛描述的那個狀態。」

「我想是這樣沒錯，聽起來很像柯斯特的情況，他讓每個人都坐立不安，」史匹曼幾乎是用喊的說出這些話。「他們最後是怎麼擺脫那個傢伙的？」

「很遺憾，他們沒有擺脫——就我們所知是這樣。他有一套無法破解的法規，他的行為違反常情，但他活得比任何人都久。」

「這真是個不祥的結局，」史匹曼微笑，「還好在我們系上的例子裏，主任的任期不是終身制。在這段期間內，我一定要學會與反社會的柯斯特製造的問題和平共存。」

在起居室的另一邊，房子的正中央，站著今晚聚會的焦點，丹頓·克萊格。他的聲音低沉宏亮，與出眾的外表相得益彰，今天晚上他和平常上班一樣穿著正式服裝，上身是海軍藍西裝外套，下身是灰色長褲，顏色和圍繞在他稜角分明的臉龐周圍的灰髮相稱。克萊格從不誇耀自己的成就，他唯一會拿出來自誇的，是他現在還穿得下當年在海軍服役時穿的制服。克萊格院長站立的位置，是餐廳和起居室之間的一道拱門，這個位置方便他觀察整個派對的全景，也讓他得以輕易接近任何一位客人，他知道身為院長，很多在校園裏透過正式溝通管道無法做到的事，他可以藉著這種場合以暗示、提供意見或建議，或有技巧的評論等方式達成。他也知道明天的教授升等與終身職評鑑會議帶來很大的壓力，因為候選人全都卯足了勁爭取有限的終身職缺額。

「晚安，丹頓，還有恭喜。」瓦蕾蕊·唐席格身穿卡其色的繫帶長袖袍服，從起居室走來。「我不確定哪一件事比較值得慶賀，是你的六十大壽，還是就任院長滿十週年，但是我確定這兩件事都是很重要的里程碑，我真心地為你感到高興。」

「謝謝妳，瓦蕾蕊，真是太感謝了。我不敢說這兩件事有任何值得喝采的地方，活到六十歲還能有健康的身體，聽說純粹是基因遺傳的緣故，這不是我自己能夠控制的，雖然過馬路之前我確實會注意看兩邊有沒有來車；擔任院長的這十年則要感謝各位同事的鼎力相助，這更不是我所能控制的。」克萊格的如珠妙語暫歇，瓦蕾蕊·唐席格對著他展露微笑。「但是我會接受妳的道賀，如果妳願意接受我的道謝的話，我要謝謝妳願意幫忙解決明天橫在我們眼前的困難任務，我知道沒有人願意這樣度過聖誕假期。這件事我必須要求妳保密，但是監察委員會的意思很清楚，今年文理學院能夠升等的年輕教師不能超過五個人。我相信明天可以靠妳的高標準嚴格把關。」克萊格啜飲了一小口手上的飲料。

「是的，你可以信任我，丹頓。我今天下午剛看完檔案，我絕對不要今天在愉快的聚會完之後還要熬夜看檔案。」

「很明智的做法，把精力留下來對付明天困難的工作。妳要不要再來一杯？」

「我想是可以再來一杯提提神。」丹頓挽著她的手臂，領著她走向餐廳設置的臨時吧台。

站在起居室一角的奧立佛·吳看著這一切，他不屬於群居型的人，也不喜歡社交聚會，還比較寧願一個人待在圖書館的研究室。然而，有些活動基於職業義務必須參加，今晚為院長舉辦的派對就屬於這一類。他想著，院長——是個有才幹的學者，每個人都知道這一點，他也不是個壞人。但是吳和大部分同事不一樣，他對院長的熱情是有限的，不是因為他對克萊格這個人有什麼不滿，他們兩人的關係雖然疏遠，但一向保持友好。可是吳只是個普通人，丹頓・克萊格的院長頭銜曾經是吳渴望得到也差一點得到的職位，但最後出線的是克萊格。從那之後，吳用雪片般的學術著作，成功地隱藏了他的失望之情，過去十年間他的著作源源不絕，從來不曾中斷過，尤其是對非法樂透的分析，詳細描述了這項產業的內部運作情況，並且提出社會學理論解釋犯罪組織的控制方式，使他獲得多方矚目。以局外人的眼光來看，吳似乎完全沉浸於學術研究之中，大部分的人還以為，他也許會因為沒有被賦予行政職責而鬆了口氣，無須偏離他有著優異表現的研究領域。

奧立佛・吳是個孤僻的寂寞人，從不和其他人分享內心深處的想法。當院長一職與他擦身而過的時候，在他的心靈上留下了一道很深的傷口，這個傷口不但沒有日漸痊癒，反而不斷化膿潰爛。他一直把憤恨壓抑在平靜的表象之下，豐富的著作產出所需要的能源，正是以這股強烈的情緒做為燃料。丹頓・克萊格被選為院長的那一刻，奧立佛・吳認為自己顏面盡失，這是他生平第一次遭遇此種羞辱。

如果吳一直不知道自己落選的原因，情況可能還好些，但他在遴選委員會裏面有個熟人，因為不希望被吳懷疑自己不支持他，所以把詳細過程轉述給吳聽。委員會剛開始審查的時候，吳的呼聲比其他所有候選人都來得高，只有墨利森・貝爾表示異議，他支持的是丹頓・克萊格。貝爾的論點是，克萊格在學術上比較有成就，所以更有權威擔任學術機構的院長這一要職，貝爾用數學家的口才說服了委員會，他準備了一份簡報，比較吳和克萊格的著作與論文，並且充分利用幽默、諷刺、賣弄學問等方式展現出教授的魅力，巧妙地擴張了克萊格的學術地位，代價是貶損了吳的聲譽。克萊格終於榮登王位。吳聽到這一切過程的時候，感到萬分羞辱，他不能也不會忘記這件事。

墨利森・貝爾也不肯讓他忘記。兩年前，奧立佛・吳有機會獲得哈佛的講座教授榮譽職，這個職位並不會讓吳的薪水大幅增加，但這個職位帶來的津貼和名望卻很可觀。主要還是和名望有關，「講座」的頭銜像一個標記，區隔了學術市場，承認擁有這個頭銜的人，比其他一般人更能榮耀這個學校，吳可以把講座的頭銜當作自尊的安慰，象徵著哈佛對他學術成就的高度肯定。當時成立了一個委員會，負責評鑑吳的資格，向院長提出推薦。

結果吳還是沒有獲得這個職位。儘管委員會的組成份子是個祕密，吳卻很肯定墨利森・貝爾再度扮演了他命中的魔星，而且用不了多久他就發現自己是對的，這一次資訊不是由學術圈內的成員走漏，而是拜雷蒙，吳的計程車司機所賜。

計程車後座會出現什麼樣的談話是很驚人的，有人可以完全無視於司機的存在，言談舉止彷彿司機不過是個沒有耳朵的機器人。要不是吳的審核委員會裏面有兩個成員如此不小心，吳可能永遠也沒辦法證實自己的猜疑。他們在車上重述墨利森・貝爾如何以精湛的演出制止了吳的高升，其中一個模仿墨利森・貝爾，以嘲諷的語調大談特談奧立佛・吳所發表的研究，另一個笑得很開心的模樣，激怒了雷蒙。顯然貝爾改變了所有人的意向。

吳鬱悶地沉思著，突然女主人出現在他面前。「吳教授，這裏所有人你都見過了嗎？」佩吉・史匹曼希望客人都能盡興而歸。「我猜你還沒見過貝爾夫婦。」她作勢拉著吳的手臂。「我帶你過去，你一定會喜歡他們的。」

吳整個人硬梆梆的，佩吉・史匹曼知道自己有什麼地方出了差錯，她的客人顯然很不舒服。「你還好嗎，吳博士？」

「坦白跟妳說，史匹曼太太，我不想勉強自己過去，尤其是貝爾教授。我想如果妳去問他，就會發現他也有同樣的感覺。我曾經兩度被放在他的天平上衡量，結果是一無可取，我看不出有什麼理由應該再給他一次機會。」說完這些話，吳便告退前往取用食物，留下一臉困惑的佩吉・史匹曼在原地。

佛斯特・巴瑞坐在史匹曼家起居室的沙發上，和蘇菲・尤斯提諾夫聊天。「我的領域真的沒什麼機會，妳知道的。我的意思是，《伊利亞德》的文本就在那兒，學者可以去翻譯、去研究、去辯論其中的含義，但是沒有人會想要自己編造一部全新的《伊利亞德》。至少我認為沒有人編得出來。我相信現在有方法去辨識手稿的年代，但這超出了我的知識範圍。」

「是啊，我的領域有辦法複製科學研究，」尤斯提諾夫回應巴瑞的話，「但可能要耗費很多時間。你聽說過我們學校化學系的醜聞吧，有個表現優異的大學部學生，在幫我同事做實驗的時候造假，過了幾個月之後，現在一切被抖了出來，我這位同事的職業生涯岌岌可危。有人說他當初應該重新核對那個學生做的實驗，但是我對他們說，這怎麼可能做得到？自己重做幾百個小時的實驗？那何必雇用研究助理？又何必要研究生？或者甚至博士後研究？這麼做的成本呢？大家總是說現在的科學研究實在太花錢，他們知不知道，如果要去證實每個人的研究成果那要花多少錢？好幾百萬啊！好幾十億都有可能！」蘇菲・尤斯提諾夫狠狠咬下一大口烤牛肉三明治，好像裏面藏著答案，可以消解她的怒氣。

巴瑞迷惑地看著尤斯提諾夫，喝了一口雪利酒，把酒杯放在身旁的茶几上。「但是到底為什麼要假造數據呢？我是不是對科學有什麼誤解？如果想要知道一種化學物質和另一種化學物質會起什麼反應，而事實上是這種反應，那究竟有什麼理由宣稱是那種反應呢？我是說，重點不就是知道是哪種反應嗎？」

蘇菲・尤斯提諾夫把剩下的三明治放回盤內，一抹隱隱的微笑掠過唇間。「我可愛的佛斯特，你對科學的觀點實在太美好了，你應該去做科學家，金愛的。當然啦，在我的領域中，我們要去檢驗假設，但是大部分時候——是的，可以說絕大部分的時候——我們會希望實驗出現某種特定的反應，如同你剛剛所說的一樣。說穿了，我們通常希望自己的假設能夠成立或被接受，所以到底是『這種』或『那種』反應，對我們而言是很重要的，代表了名聲——不是電影巨星或政治家的那種名氣，我必須特別聲明，你知道的。我說的是一個學者所能獲得的最高禮讚——屬於你自己的喝采。既然如此，要是哪個可憐的阿呆發現自己引以為傲的假設其實是垃圾，我們為什麼不給他鼓勵喝采？我不知道，也許我們是該為他喝采。」

佛斯特·巴瑞的生活圈子中，並不常有機會與科學研究者共處，他不知道該如何回應同事的這一番議論。他慢慢地在餅乾上塗抹一層厚厚的鵝肝醬，均勻地抹平，動作像是泥水匠在堆砌下一層磚塊之前先仔細調整灰泥的形狀。兩人安靜地坐了片刻，享用著眼前的食物。「可是蘇菲，根據妳剛剛說的，為什麼學生或研究助理要假造研究數據呢？我可以瞭解為什麼教授會假造數據，但是這對幫忙做研究的學生有什麼好處呢？」

「佛斯特，你的領域不必在實驗室工作，你不必和一起工作的人日復一日、無數個小時實際相處在一起。你知道這樣一個團隊會發展出什麼樣的情感聯繫嗎？整個實驗室的計畫就繞著一個實驗打轉，花上幾千個小時做這個實驗。實驗的目的是什麼？如果學生或研究助理知道實驗的目的，你可以想像他們會受到多大的誘惑，想去解讀實驗數據，如同你說的，希望實驗是『那種』反應？尤其是如果學生的前途和教授的科學成就息息相關的時候。佛斯特，這個壓力非常、非常大，而且並不會非常難做，我以前有個老師就常說：『如果嚴刑拷打得夠厲害，數據遲早會說話的。』」

大約八點三十分的時候，佩吉．史匹曼聽到前門傳來溫和的敲門聲，她正在等待的克利斯托佛．布克哈特依約準時蒞臨。佩吉向正在和她說話的潔西卡．克萊格道歉告退，走向前門，還沒來得及開門，門就被推開了，克利斯托佛．布克哈特帶著一位年輕女伴走進了門。

「啊，史匹曼太太，」他見到佩吉向他走來時呼喊出聲，「我想妳可能聽不到敲門聲，所以就厚著臉皮自己進來了。我猜妳還不認識我的朋友，這是梅麗莎．雪儂。」

雖然佩吉沒有料到布克哈特先生會攜伴，但她迅速地反應，希望這位小姐感到賓至如歸。「很高興妳能來參加，請進來認識大家吧。」

「她已經見過妳先生了，就在妳先生上一次來我們店裏的時候。但是我相信這裏有很多新面孔是她需要認識的。」布克哈特把兩人的外衣和手套橫放在女主人等待的雙臂上。

「去客廳向大家自我介紹一下吧，我很快就會回來找你們。」

克利斯托佛．布克哈特挽著女伴的手臂，護衛著她走進客廳，亨利．史匹曼注意到他們的出現。「哈囉，克利斯托佛，你能來真好。妳也是，呃……」

「梅麗莎・雪儂，」年輕小姐主動幫忙接話。

「我相信你們兩位見過，」布克哈特說。

「對，我還記得妳，很高興妳能來。」

「也許這次我能有機會見見那位丹尼斯・高森，我聽了好多他的事，」布克哈特接著對主人說。

「恐怕這裏是今晚最不可能見到丹尼斯・高森的地方。他是明天的升等候選人之一，而這裏的客人全都是教評會委員，如果丹尼斯・高森在這兒，那我們全都必須消失不見了。」

「我確定梅麗莎會願意為這位年輕人寫封推薦信，只要對他的前途有益的話。我說的不對嗎，梅麗莎？」

梅麗莎感覺到布克哈特的語調有點酸，但她假裝沒有注意到，只露出了羞赧的表情。如果史匹曼有發現布克哈特話中帶刺，他也似乎並不在意，領著兩人走向用餐檯，佩吉在那兒擺了一大盤新鮮的芥末醬料蛋、烤牛肉片、餅乾麵包，以及各種不同的佐料和開胃菜。「請自行取用，」然後史匹曼又問清楚了客人要喝什麼飲料。「慢慢來沒關係，我想我們會在大概三十分鐘之內送禮物。」史匹曼從容離去。

「克利斯托佛，我希望你不要那麼在意丹尼斯的事，」梅麗莎低聲地說，手輕柔地放在他的手臂上。「他是一個非常特別的人，你見到他就知道了。而且，不管我和丹尼斯之間發生什麼事，我跟你說過我希望我們永遠是朋友，你知道我很感激你對我的關心。我真的很感激。再也找不到誰比你更關心我未來的幸福了。」

「哈囉，我想我們還沒見過。你一定是賣郵票的那個人了，我是蘇菲・尤斯提諾夫。」布克哈特和梅麗莎遲疑著不願結束兩人的私密對談，但還是轉過身面對這位愛交朋友的化學家。瓦蕾蕊・唐席格追隨尤斯提諾夫的腳步而來，四個人互相介紹結束後，亨利・史匹曼帶著兩位新客人的飲料回來加入。

趁著克萊格暫時消失在這一群人的視線範圍內，聽不到他們對話的片刻，蘇菲・尤斯提諾夫向布克哈特問起那張郵票。「喔，恐怕你必須要耐心等候，教授。那個盒子裏面的東西對大家來說都是個驚喜，除了史匹曼教授和我以外——當然還有梅麗莎也知道。不過我倒是可以告訴你們，今晚派對的主人曾經希望我的店員不小心弄錯，把一張真的是世界級的珍貴郵票放進那個小盒子裏，如果真是這樣的話你們院長豈不是太驚喜了？」

「哎呀，你知道盒子裏面是什麼，雪儂小姐，到底怎麼樣呢？」蘇菲・尤斯提諾夫改變了詢問的對象。梅麗莎・雪儂一開始似乎心不在焉，沒聽到她的問題。「妳和布克哈特先生都從事郵票生意嗎？」

「喔，不是，我現在是研究生，在布克哈特先生的店裏打工。」

「我瞭解了，妳是哈佛的學生嗎？」

「不是，我在波士頓大學唸書。」梅麗莎停頓了一下。「但是我和一位哈佛教授訂婚了。」

布克哈特滿臉驚駭。「喔，那真是太好了，金愛的，這位幸運的年輕紳士是誰啊？」尤斯提諾夫問。

「呃，我想我不應該說——至少不能對你們說，因為你們全都認識他，我猜啦。他是丹尼斯・高森。」瓦蕾蕊・唐席格瞇起眼睛仔細打量這位年輕女性。「是的，我們認識他。」唐席格說，「我們有些人認識他比較深，但確實全部人都認識他。可是我們今天晚上不能談論他，不能在這種情況下討論。明天有的是時間。」

「克利斯托佛！你怎麼會在這裏？」丹頓・克萊格一走進起居室，就被熟悉的身影給嚇了一跳，他顯然很意外看到他的郵票代理商兼鄰居出現在這兒。「我看到你帶了雪儂小姐一起來。我一直努力拓展教評會的廣度，但是竟然到現在都沒有想到，邀請兩位專業集郵家入會是多麼棒的主意。但是你還好吧，克利斯托佛？你的臉色好蒼白。」

「我過一下就好了，只是有點頭昏而已，一陣子就過去了。也許我可以在這張椅子上坐一下……」

「要不要我拿什麼給你喝？」佩吉・史匹曼熱心地詢問。

「不用，不用，謝謝。我已經好多了，謝謝你。」

「你確定你沒事嗎？」梅麗莎問，「要不要我帶你回家？」她把手放在他的手臂上，但他抽回了手。「我說我沒事。」他的語氣冷冰冰的，突然從椅子上站了起來。「我說我沒事就是沒事。」講話的節奏比平常快了許多。

半小時之後，亨利・史匹曼宣布：「我們來送禮物吧。」大伙兒聚集在起居室，丹頓・克萊格又驚訝又感動地接受亨利・史匹曼舉杯祝賀。送上禮物之前，博學的布克哈特就這張郵票的身世發表了一篇專題演講，然後潔西卡親吻老公的臉頰，全體唱起了生日快樂歌，其中蘇菲・尤斯提諾夫的聲音比其他人要略顯高亢。

佩吉・史匹曼鬆了口氣，這個晚上可以說是非常成功，要不是奧立佛・吳有那麼奇怪的反應，她可能會認為這是個十全十美，毫無意外的夜晚。

第十章

一月八日，星期二

「怎麼這麼安靜？我們進來以後你幾乎沒說過話。」梅麗莎・雪儂企圖在未婚夫臉上尋找線索，丹尼斯・高森把裝著咖啡的馬克杯重重往桌上一放，裏面還在冒蒸氣的深色液體濺起來，潑灑在大理石桌面上。他們碰面的這家咖啡店，在今天的中午時分幾乎沒有客人。

「我想我應該不用再向妳解釋，今天為什麼我心情那麼差。妳知道我未來整個前途就看今天的決定，也許就在這一刻決定了，由八個根本不在乎我的人生、我的未來，不在乎他們的決定會對我造成什麼影響的人決定。如果他們必須要為候選人沒有獲得升遷負上那麼一點點的責任，他們或許會做出和現在完全不同的決定。」

一個女服務生靜靜地拿起高森的馬克杯，用抹布擦拭桌子。「要續杯嗎？」年輕的服務生問。「好，麻煩妳了。」高森頭也不抬地回答。女服務生帶著杯子消失不見，幾秒後又帶著一杯新的咖啡出現。

梅麗莎並不滿意未婚夫的解釋，在過去幾個月中，她漸漸摸清楚了他的脾氣，這絕對不是「我正在擔心我的前途」的模樣，通常這種時候他會喋喋不休，態度輕浮，語氣滿是嘲諷挖苦，故意拿未來的命運開玩笑；在這種情況下，丹尼斯不但不沉默，反而比平常更多話。現在的情況比較像是：「你有個地方讓我很困擾，我不知道怎麼開口跟你說」，這種時候他會變得很鬱悶，整個人很緊繃。「我知道你升等的壓力有多大，但是我也夠瞭解你，所以我知道這不是今天困擾你的主要原因。是我的事，對吧？我做了什麼事讓你不高興，你為什麼不直接跟我說？我們已經訂婚了，丹尼斯，如果你覺得有什麼地方出了錯，我有權利知道。」她說話的時候，丹尼斯把咖啡杯舉至唇邊，在啜飲咖啡時閉著的雙眼突然睜開了，梅麗莎感到自己被冰冷的目光所籠罩。他慢慢地放下杯子，一直盯著梅麗莎，感覺時間變得很漫長。

「我以為妳應該知道出了什麼錯。妳說我們已經訂婚了，可是我的未婚妻竟然和老闆約會，這算什麼訂婚？」

「丹尼斯，別傻了，我沒有和老闆『約會』，那根本不算什麼約會。克利斯托佛昨天晚上要送人家一張郵票，他要求我一起去做他的伴，我認為他邀請我是一種友好的表現。而且，如果我要背著你做什麼，怎麼會和他一起跑到你同事的家裏去？」

「對，妳就會，如果妳不在意我的感受的話。」

「但是我真的很在意你的感受，我非常的在意，而且我在意你似乎比你在意我的感受要多得多。」

「妳這話是什麼意思？」

「意思是，你不在乎被別人看到和誰一起出現在劍橋區，也不在乎這件事對我有什麼影響。」

「如果妳說的是瓦蕾蕊・唐席格，那麼妳大可以放心，我們根本沒什麼。我以前就跟妳說過了，我們在教職員俱樂部的派對上遇到，後來她邀請我——我可沒有主動約她——和她一起吃晚餐。有人看到我們在餐廳吃飯，就以為我們是一對，所以邀請我們一起參加活動。不過，這種情況最多只發生過兩次吧，我想。所以如果妳聽說了什麼其他事，我只能說這正是謠言歪曲事實的好例子，我已經好幾個禮拜沒見到她了。」

「不過，她可還沒忘了你。昨天晚上我遇到她，提到你的名字的時候，她臉上的表情很明顯。」

「也許我不如妳所想像的，是個容易被遺忘的人。」高森停頓了一下。「所以她記得我，那又怎樣？我不會去試著躲開她，只為了避免毫無根據的嫉妒。」

梅麗莎微笑說道：「我不希望你這麼做，我也不會停止和克利斯托佛・布克哈特見面。他是個好人，對我很好很親切，如果我有什麼小地方可以幫上他的忙，例如像昨天晚上，我認為我應該有這個自由這麼做。我也需要一些空間，丹尼斯。」

丹尼斯・高森回給未婚妻一個微笑，試著放鬆下來。他的手伸到桌子另一端，緊緊握住梅麗莎的手，說：「就這麼說定了，妳忘了瓦蕾蕊・唐席格的事，我也忘了克利斯托佛・布克哈特，這筆交易顯然有很高的貿易利得。」

梅麗莎任由丹尼斯握著她的手，但是好一陣子之後應該早已煙消雲散的緊張感，還是徘徊不去，她可以從他僵硬的手感覺得到。於是梅麗莎看著他，他下巴的肌肉緊縮，眉頭緊蹙。「還有別的事，對不對？」

高森過了很長一段時間才回答這問題，他的雙唇因為陷入沉思而噘起，他應該還是不應該對她說？他不能確定。這個問題他已經思考過不止一次，最後總是決定不說，但是現在她直接了當的問他，情況就不一樣了。突然間他脫口而出，小小聲但激動地說：「梅麗莎，我很擔心，我非常的擔心。」他四下張望，確定沒有人在偷聽。「我心裏有件事，我背負這個重擔已經好幾天了，我知道就算全世界都沒人理我，妳也會聽我說完的，但是妳一定不能夠洩露任何一句話。」

「當然不會，我會聽你說的，親愛的。」梅麗莎感到很害怕，她從沒見過丹尼斯如此焦慮的模樣。

「梅麗莎，我知道一件驚人的事實。妳昨天晚上見到的那些人，裏面有個騙子。我不只是知道，我很確定，那個騙子可以說是當著我的面承認了這件事，雖然他沒有說很多；他還承諾如果我不說，他就支持我升等。」

「丹尼斯，這聽起來簡直像是勒索。」

「一開始不是這樣子的，妳知道我的，我單純只是去找那個人問一些有關研究的問題，妳真該聽聽他的回答，顛三倒四，毫無章法，一下子又是找不到資料什麼的——總而言之就是很奇怪，我的問題完全沒有獲得解答。那天晚上我就下了個結論，他是個騙子，所以我馬上決定公事公辦，透過管道申訴之類的。我想到去找系主任，但是妳知道柯斯特總是讓我覺得很不自在，所以我又想到去找亨利・史匹曼，我很崇拜他，而且他也是委員會的成員，所以他應該可以好好處理這件事。但是他不肯聽我說，所以我試著去找委員會另一位成員，隨便選了我能找到的第一個委員，但是在那邊也同樣碰壁，然後又找了一個，結果是他們不應該和候選人談話。我覺得這個世界真是瘋了——而且瘋得厲害，所以我決定打出手中僅有的一張王牌。我不會讓這個人阻止我的，我這麼努力，絕不能讓一切化為烏有，只是因為一個騙子的攪局。我不會說這是勒索，這比較像是貿易利得，支持我的升遷就能保住名望，我閉嘴不說，你就幫我拿到終身職。」

梅麗莎・雪儂低下頭，突然感到一陣寒意，微微地打了個顫。這是一個危險的遊戲，貿易利得在這裏並不適用，相反的，在這種遊戲裏面永遠只有輸家。她的未婚夫實在太年輕，太魯莽，她真希望能有個明智的長者開導他。

第十一章

一月八日，星期二

午後拉長的陽光穿過百葉窗，在橢圓形的會議桌上投下條狀陰影。桌上成堆的文件和筆記本不時打斷百葉窗的條狀陰影，有幾堆文件放得相當靠近桌緣，看起來十分危險。桌邊環繞著赫曼米勒製造的深咖啡色旋轉椅，椅腳附近還有更多疊文件和筆記散放在地毯上。

為了因應院長的工作需求，哈佛文理學院院長辦公室有三間相鄰的房間，會議室是其中第三間。第一間是接待室，也是院長私人祕書兼打字員兼接待員的辦公室，房裏後方的那堵牆壁整個被檔案櫃給遮住。第二間房是三間裏最小的一間，當作克萊格的辦公室，他在這裏處理文書工作，個別接見教員，或和一小群人討論事情。從辦公室穿過一道古色古香的法式雙扇落地玻璃門，就到了會議室，克萊格在此舉行委員會議，如果人數不多的話，還會在這裏舉辦雞尾酒會或甚至餐會。會議室兩面的牆壁從天花板到地板整齊排列著櫻桃木貼皮的書架，上面放著院長一部分的人類學藏書，還有其他教授致贈留念的著作。在他的藏書中，與大學行政相關書籍的比重較少，大多放在隔壁他的辦公室裏。

現在只有奧立佛・吳坐在會議桌旁，全神貫注地翻閱一份文件，一邊查閱自己寫在黃色便條紙上的筆記。他透過厚重的鏡片，專注地讀著資料，其他教評會成員則擠在一大壺咖啡和茶點旁邊，這些東西都放在手推車上。委員會已經進行了整整三個半小時，現在是第一次休息，到目前為止討論熱烈但不尖銳，雖然有不同的意見，但是大家都能心平氣和的交換意見。克萊格院長一面津津有味地嚼著一片餅乾，一面在心裏想著，前一天晚上在史匹曼家的社交聚會，完全達到了目的——這裏指的是公開的目的，也就是拉攏委員會成員之間的關係——至少到目前為止是如此。但克萊格也很清楚，真正的考驗還沒開始，他從經驗中學到，即使是最溫和、最穩重的學者，隨著會議時間不斷拉長，也有可能變得暴躁易怒，疲勞上身，使得原本和善的人動不動就發脾氣。

「我想應該提醒大家注意時間囉，」克萊格提高音量壓過聊天的聲音，向大家宣布。「我們花在點心的時間越長，今天晚上或明天要留在這邊的時間就越長。我可以要求所有人回到座位上嗎?你們可以把飲料帶回桌上喝。」克萊格向提供外燴服務的年輕女士示意，請她帶著茶點離開會議室，臨走前不忘謝謝她。

克萊格採取的做法是，在審核每一位升等候選人的時候，請該系的系主任親自對委員會說明；會議桌一端有張椅子，就是為了這個目的而空了下來。在適當的時刻，等前一個候選人的討論告一段落，克萊格的祕書就會引進下一位候選人所屬科系的系主任。系主任之前應該已寫過一封信，總結該系內外的意見，評介候選人的作品和未來學術發展的潛力。在教評會的審核會議中，系主任不需要重複這些資訊，而是以簡短扼要的形式陳述，同時也可以提供個人的意見，系主任的意見，可能與候選人檔案中收錄的其他人意見不一致，甚或互相衝突；但是委員會是不會聆聽候選人的意見的。這是學術市場的一個怪異現象，和營利事業截然不同——對一位雇員的一生和整個機構可能產生重大影響的重要決定，是由一個從來不和候選人面談的委員會所決定，很多時候委員會成員不會也不應該認識候選人，遑論任何深入的瞭解。系主任出席的主要目的，是接受委員會關於候選人的質詢，質詢結束後系主任退場，然後委員會正式開始祕密審議。

下一個預定報告的，是經濟系的李奧納・柯斯特，這個學年經濟系只推出了一位候選人，而且是助教授。克萊格按了桌緣下方靠近坐椅的按鈕，通知祕書委員會已經準備好接見柯斯特。柯斯特正在外間的辦公室等待上場。

柯斯特漫步走過開著的雙扇法式門，在走過委員身邊的時候點頭或半舉起手致意，然後在那張空著的椅子上坐好。灰棕色的羊毛衣一路包到脖子上，幾乎看不見底下穿的格子襯衫和方格領帶，下半身則穿著燈芯絨長褲、高筒靴、羊毛襪，讓柯斯特看起來比較像是要去健行，而不是上台報告。他把自己帶進會議室的馬尼拉紙夾放在面前，看著桌面，彷彿在集中全副心力找出橢圓形精確的中心點。

「李奧納，你很熟悉我們的程序，」克萊格說。「可以請你概述一下這個——現在是輪到誰了？——喔，對了，丹尼斯・高森先生的作品。大家都拿到他的檔案了嗎？」

「謝謝你，克萊格院長。如你所知，我們系上在過去兩年間沒有推薦任何候選人升等，我們在這一方面非常嚴格把關，我們不願見到通過了系上審核的候選人，在委員會審核的過程中發現顯然不符資格，對本系的聲譽造成負面影響。這也是為什麼我可以毫不猶豫地推薦丹尼斯・高森。高森先生在過去五年之中的成就，就品質而言——品質正是一個學者最應該注重的——非常傑出，事實上是驚人的傑出，在理論研究的領域中，與他資歷相當的同儕沒有一個比得上他。我們請經濟學領域頂尖學者所寫的評鑑信函，在此就不用贅述了，我想你們在開會之前應該都已經全部看過了。我們很難得拿到這種信函，諾貝爾獎得主對一個助教授有如此正面的評價，但是顯然高森在他的研究領域中相當受到肯定，每位重要學者都知道他。我就不再詳細介紹他的貢獻了，不過我很樂於回答你們有關這方面的任何問題。最後再說一句，高森在我們系上佔據了一個非常特別的關鍵地位，很難找人替代，我連想都不願意想，事實上也想不出可以去什麼地方找到任何人取代他的位置。」

「柯斯特教授，您對系上候選人的介紹真是精彩，讓我非常驚訝。我早就應該想到，我們學校拿到終身職的教員，理應不會做兜圈子的推論。」

柯斯特看著瓦蕾蕊・唐席格，揚起了雙眉，等待進一步的解釋，但是沒有人挺身而出。最後柯斯特只好開口：「我想我沒有抓到妳的重點。」

「重點是，」唐席格略顯不耐地回答，「高森先生所撰寫的論文，完全建立在兜圈子的邏輯上。」

「唐席格教授，我不認為是這樣，請妳舉個例子。」

「他所有的作品都源自功利主義，我恐怕心理學家已經不再相信功利主義了。用『人會做他們做的事，是因為這件事帶來最大效用』這種說法來解釋人類行為，根本一點也沒有解決任何事，而高森所提出檢驗的每一條假設，都是基於這個假設。我不是經濟學家，但我相信凡勃倫在世紀之交的時候已經完全破解了這個論點。難道經濟學家現在都不讀凡勃倫了嗎？」

李奧納・柯斯特露出自抑的笑容：「也許這在非炫耀性消費（inconspicuous consumption）就說得通。但是如果說我們這一行裏比較年輕的人從來沒聽過凡勃倫，我一點也不會感到驚訝。事實是他現在已經退流行了。」

「那真是太不幸了，」唐席格回答，「因為他對人性的看法，比起高森所提出的誇張模型，更接近實際的人類行為許多。」

柯斯特點頭表示同感：「我瞭解妳的意思，也許妳說的對。但是一個年輕學者採用他專業領域的範式，我不認為這件事應該受到懲罰。」

此時奧立佛・吳插嘴了：「我的意見和唐席格教授提出的反對理由類似，就我看來，高森先生對人性的觀點早已過時。唐席格教授說，高森的推論在兜圈子，對我來說，只要這個圈子夠大那就無所謂。我所反對的是，我相信唐席格教授也會同意這一點，是他僅從單一面向切入人類行為，在這個人的作品中，真是把這一套看法發揮到了極致，我的意思是他用了歸謬法。如果人真的是走到哪兒算到哪兒，和這個人假設的一樣，每一個行動都要算計，我們的社會結構可能會整個崩解。」吳的聲音越來越高，高到略嫌刺耳，瓦蕾蕊・唐席格則是在吳說話時猛點頭。

李奧納・柯斯特並不習慣受人威嚇，他沒想到會議會變成這樣，也沒料到高森的作品會受到這些攻擊。他開始口吃，目光轉向同系的同事，困窘地求救。在整個質詢的過程中，史匹曼始終弓著背伏在桌上，雙手緊扣光禿禿的頭皮，手指交疊，手肘撐在桌上。

史匹曼至今一直忍著沒開口，從討論一開始，他就對唐席格和吳所採取的路線感到很反彈，但他知道照規矩要由柯斯特為系上的候選人說明。史匹曼並不習慣如此自我壓抑，因為他一向相信不合邏輯的論述必須馬上指正。此刻他的忍耐到了極限，平日快活的態度消失無蹤，用力地大搖其頭，插嘴道：「不好意思，我要說句話！李奧納，我真是太意外了，你竟然容許這種錯誤的觀念持續這麼久而不加以反駁。」

「對不起，亨利，我……」

這位小個子的經濟學家揮手打斷了柯斯特的抗議，他知道大部分的經濟學家甚少想到經濟學的預設立場。「這些反對意見完全沒有道理，不應該默許他們通過。丹尼斯•高森的分析可能有不足之處，我絕對相信如果我們看得夠用力，就可以挑出有錯的地方，但是到目前為止大家所說的意見，沒有任何一點足以視為嚴肅的批評；我所聽到的，大部分是對科學研究方法的誤解。」

會議室裏的氣氛轉趨凝重，奧立佛•吳的目光透過厚厚的鏡片，集中在斜對面的史匹曼身上，他氣得鬍髭倒豎，嘴角微微抽動。瓦蕾蕊•唐席格也感到不舒服，她知道史匹曼喜歡你來我往的口舌之戰，但她不喜歡。她面色緊繃，吸了一小口放在她前面的可樂。史匹曼凝視著坐在桌子另一端的奧立佛•吳，玻璃鏡片後方閃過興奮的光芒，然後破顏而笑。他轉過頭，觀察其他委員會成員的表情，然後眼光定格於坐在他對面的蘇菲•尤斯提諾夫身上。

「蘇菲，請想像一下，如果鈉分子強烈地關切自己和氯分子之間有沒有化學鏈連結，妳在做實驗的時候可能會遭遇什麼樣的困難？」

蘇菲．尤斯提諾夫聳了聳肩，答道：「鈉和氯——他們沒有生命，沒辦法講道理或溝通，他們又不像人。」

「正是如此，他們不像人，」史匹曼回應。「所以，他們不會反對，也不會干擾妳在他們身上做的實驗。」蘇菲．尤斯提諾夫瞇起眼睛，忖度在實驗室裏遇到不合作的分子時，可能會有什麼樣的問題——會和她爭執、討論，或是會欺騙她、誘使她去做某些事的化學物質，可能會使化學家的生活樂趣大打折扣。

「經濟學家做研究的時候沒辦法像在實驗室一樣——比方說，如果你的實驗必須詢問一些人的收入，或不同時期的資產總值，他們可能會不高興，或拒絕回答，也有可能說個謊隨便應付。因為找真實的受試者到實驗室參與實驗有困難，所以我們所發展的理論有多少價值，不是由真實性評估，而是由實用性評估。『實用性』的意思，當然是指理論具有一定的準確度，可以預測結果，或在反覆的實踐中維持為真。確實，經濟學家所提出的理論前提並不切合實際，當丹尼斯．高森假定，人具有高度理性並且追求最大化效用的時候，並不表示這是他所相信的，真實的人性觀點，他只是採取了必要的手段，才能以實證方法掌握這門學科的研究主題。

效用最大化是經濟學中最強有力的一個通則，實用性已經經過一再反覆的證實，你所能要求一個經濟學家的，只有高水準的邏輯推論，以及佐證的實證證據，但無論如何，經濟學理論只會是個通則，忽視了許多真實世界的細節。」

奧立佛・吳針對這席話發問：「如果一個理論的前提不切實際，真的有可能具有預測的準確度嗎？」

「這種例子到處都有，」史匹曼回答，「物理學家假設絕對的真空，假設沒有摩擦力的平面，我們從來不會向他們抱怨——嘿，這不合實際——會嗎？當然不會。經濟學家假設人類追求效用最大化，然後以此為前提測試我們的理論。」

丹頓・克萊格不耐煩地瞥了一下腕錶，感到該是由他出面重掌大局的時候了。「也許還有人有問題想請教柯斯特教授？」他插話道。

「再給我一點時間，丹頓，我想回覆瓦蕾蕊剛剛說的話。」

「亨利，接下來還有生物學系的羅斯博士很快就到了，我們必須注意時間。」

「一下下就好，丹頓，再兩分鐘，因為這很重要，我要回覆瓦蕾蕊幾分鐘前說過的話。」

克萊格院長知道，這位老友愛講道理的癮頭一發作，就是不達目的不罷休，誰也擋不了，所以只好讓步。

「瓦蕾蕊，我可不可以用妳手上的飲料做例子，說明妳對經濟學家循環推論的看法為什麼是錯誤的？」

「願聞其詳。」

「妳手上的可樂有兩件事，我相信妳一定很清楚，因為有太多人知道這個概念，而且這兩件事和效用理論有很大的關係。第一件就是，妳從瓶子裏喝的第一口飲料，會比最後一口帶給妳更大的滿足。第一口飲料的滿足感大於第二口，更不用說是第十口了。」

「這我不否認，」她答道。

「妳不應該這麼急著下定論，因為這是錯的。我的意思是說，除非我仔細地訂出了時間週期，否則這會是錯的。妳在一個小時之內喝的第十口，可能滿足感不如第一口，但是妳在一個月之內喝的第十口，可能滿足感並不小於第一口。所以說，如果妳買了一百瓶汽水儲存在家裏，妳可以自行決定飲用的時間，讓每一瓶都帶給妳同樣的滿足感，這又和我要說明的第二點有關。如果妳是從販賣機裏買飲料，一次只會拿到一瓶，就是妳付錢的那一瓶。現在我要問妳一個問題：如果是去販賣機買《紐約時報》呢？妳丟進一個銅板，然後整疊報紙都跑出來任妳挑選。我們可以假設，這是因為買報紙的人比買飲料的人誠實，但事實似乎並非如此，因為從販賣機買報紙和從販賣機買飲料的往往是同一批人。如果要我下注，我會把我的假設押在效用理論上；也就是說，報紙的邊際效用遞減非常快，只要拿到一份今天的報紙，第二份的邊際效用幾乎等於零，所以販賣機不需要考量你是否誠實，就算投一個硬幣可以拿走一打報紙，但是對你來說只要一份就夠了，所以報紙的販賣機設計非常簡單。飲料商需要比較複雜的機器，必須完全阻止消費者接觸到沒有付錢的飲料，這是因為飲料今天不喝，還可以明天喝，或甚至放到明年再喝，所以消費者很可能會能拿多少就拿多少，儘管他們只付了一瓶的錢。說真的，我不知道有什麼假設比邊際效用遞減法則更能解釋這兩種商品不同的銷售策略。」

「換句話說，亨利，」奧立佛‧吳回應他的話，「邊際效用遞減法則的一個應用實例是，報紙銷售的方式會和糖果、香菸不一樣。」

「正是如此，」史匹曼回答。

「我懂你的意思了，」吳說，「理論具有預測的能力，和你先前對我們說的一樣。我想我以前從來沒有以這個角度去理解效用理論。」

「當然你們也可以看出，這不是循環推論，在原地兜圈子的理論是沒有預測能力的。」

「亨利，」瓦蕾蕊‧唐席格開口，「我能不能夠證明你對邊際效用的看法是錯的，如果我帶你到我家，看我冰箱裏面冰到結凍的十份昨天的報紙？」史匹曼帶頭笑了起來。

「如果妳的冰箱裏有報紙，我會預測每一張報紙裏面包著一條魚。如果沒有魚，如果妳說的都是真的，那我也只能提醒妳，我們經濟學家可從來沒說過每一個人的行為都合乎理性。」

克萊格院長再度努力試著把會議拉回正軌。「各位先生、女士，恐怕我必須要扮演討人厭的角色，終止這段有趣的談話。也許有人還有其他問題要問柯斯特教授？」

「柯斯特教授，我有個問題。」蘇菲・尤斯提諾夫在座位上往前移，轉過身子以正面對著這位經濟學家。「你剛剛對大家說，高森很難取代，沒有人可以替代他。嗯，我讀過他的作品，不得不說我有我的懷疑。我不是經濟學家，但是請注意，我會逛街購物，而且我用我的眼睛在看。我們這裏所有人都是這樣，不是嗎？」尤斯提諾夫環視桌前眾人，有技巧地發問。「高森寫到我們應該購買的最佳品牌數目，呃……他應該和我一起上市場，試試看自己挑選要買的東西，我懷疑他是否曾經這樣做過。真正最佳的數目，就是只要有一種好牌子就夠了。」講到最後幾個字的時候，尤斯提諾夫特意放慢速度又加強語氣。「只要一種，拿了付錢就走。超過一個有什麼好處？請你告訴我。」

「是這樣的，尤斯提諾夫教授，」柯斯特開始解釋，「如果只有一種品牌，我猜想妳在俄國就是這種情況，妳要面對的是一個國營的獨佔事業……」

「不，我不是在說俄國，你剛剛說的已經偏離主題了。我並不希望政府主管經濟，行不通的，相信我，柯斯特教授，我知道那種情況。我的意思是只要一個，私人的美國公司，生產每個人想要的東西。你能想像，這樣可以省下多少浪費在宣傳不同廠牌的廣告費用嗎？你們系上的年輕候選人沒有考慮到這一點。」

「這樣你要面對的還是一個獨佔事業。在經濟理論裏面我們有個……」柯斯特嘗試回答她的問題。

「所以政府必須管制獨佔事業。」柯斯特還沒說完，蘇菲就搶先頂了回去。

「好啦，蘇菲，我們要對丹尼斯・高森公平些——還有消費者，」亨利・史匹曼抗議了。「妳也許不在乎洗衣粉或汽車的品牌差異，但是我想妳會樂於見到各種不同的化學教科書，而且每個認識妳的人都可以預料得到，妳絕對不會高興看到世界上只剩一種品種的狗，萬一留下來的品種是英國鬥牛犬或約克夏，而不是俄國獵犬呢？丹尼斯・高森在這篇最佳化品牌數的論文裏，試著處理的是經濟學中一項比較困難的課題，他開始的前提是消費者有不同的偏好，譬如說妳的偏好就和其他人不一樣，然後假定在一個經濟體系中，私營企業可以滿足這些異質的偏好。但是生活中的所有事情都是這樣，變化就會增加成本，尤其在大規模生產某個特定品牌的經濟體中更是如此。高森所試圖檢驗的，便是自由市場經濟體如何在其間權衡取捨。」

「可是史匹曼教授，只要有變化、有差異，公司就會為各自的品牌打廣告，而廣告是需要成本的。讓我請問你，同樣的東西我可以少付多少錢，如果沒有廣告，如果沒有不同的品牌，如同這個年輕人——」說到這兒蘇菲・尤斯提諾夫舉起高森那疊論文，「所贊同的最佳品牌數？請你現在就告訴我，我可以省多少？」

「恐怕妳必須付得更多，」史匹曼回答。

「更多？」蘇菲不是會議室裏面唯一一個在聽到史匹曼的回答之後露出驚訝表情的人。「如果公司不用花這些廣告費，我要付的錢反而更多？這話高森也許相信，但是你不會吧？會嗎？」

「喔，我很肯定我會相信，」史匹曼說話的時候，右手輕敲桌面表示強調。「如果有樣商品，在某個州銷售的時候不准做廣告，然後同樣的商品在隔壁州賣的時候有做廣告，那麼在除此之外其他條件相同的情況下，我可以向你保證，有做廣告的那個州會賣得比較便宜。廣告是做生意的一項成本，這一點無庸置疑，但是廣告也讓我們知道有其他選擇，對於市場上正在銷售的產品，以及是否有競爭商品可供選擇，給予我們更多資訊。」說到這兒，史匹曼伸出食指指向天花板，他的學生都知道，這個姿勢代表他要下結論了。「所以廣告增加了競爭，結果是消費者獲得更低的價格，而不是更高。」

「這好像和我的直覺想法相反，」墨利森・貝爾發言。

「我可不是來談直覺的。高森也不是，絕對不是。這個觀點是有實證經驗可以證明的。蘇菲，我要請問你，在俄國如果存了錢想買家電用品，像是烤爐或電冰箱，在政府管制生產的情況下，大家會怎麼樣買東西？會不會隨便挑一個就買，因為全部都是一樣的？」

「事實上不會，不會隨便挑，至少如果他們有腦袋的話就會挑。爐子要試過才知道，俄國生產爐子的工廠不只一個，理論上而言他們生產的爐子應該都要達到同樣的政府規格，但實際上不是。有家工廠，我記得是在列寧格勒，那是全國唯一一家做的爐子還像樣的工廠，所以大家就會試著確認：這家店的爐子是從列寧格勒的工廠來的嗎？你會希望買到的是列寧格勒製造的爐子，可是這很難確定，爐子長得都一樣，但是這一家就是比較好。」

「這正是商標和品牌在自由市場經濟體中的功能所在，蘇菲。高森試圖闡述打上商標的產品如何刺激廠商維持高品質，以免損害他們所建立的品牌形象的經濟價值。如果剝奪了他們打品牌的權利，不讓大家有機會認知品牌，也就等於剝奪了一部分維持品質管控的誘因。」史匹曼看向點頭表示同意的柯斯特。

「但是亨利，」佛斯特・巴瑞插嘴，「高森所提倡的，說到底難道不是一套程序或系統，結果導致最小公分母勝出——有點像格雷欣法則（Gresham's law）說的，二流品牌驅逐優良品牌？我們可能達到高森所規劃的最佳品牌數，但是這些牌子都很糟。」

「當你說『糟』的時候，你的意思是指品味，而不是經濟學的問題。如果消費者偏好沒有品味的東西，市場經濟的回應就是生產沒有品味的商品。不過我恐怕必須要說，你在改寫格雷欣法則的時候，犯了一個相當大的錯誤。誠如格雷欣法則所述，劣幣確實會驅逐良幣，但是我還不知道有什麼科學證據可以證明，壞產品會驅逐好產品，如果你知道的話，我會很感激你的賜教。一個市場經濟體會生產像《國家詢問報》和《人物》這一類小報，這些並不符合教授的品味；但是同樣的經濟體系也生產了《紐約客》和《哈潑時尚》，這些刊物完全符合教授的品味。所以我不同意你的話，好刊物並沒有被壞刊物驅逐。現在回到丹尼斯·高森，他把人們的品味，不論是好或是壞，當作已知條件，照單全收。就算這個人的作品對提升品味沒有貢獻，你也不能因此而譴責他。」

史匹曼說話的時候，巴瑞的目光始終盯著自己緊扣桌面的雙手，此時他嚴肅地抬起頭說：「借用亞基帕王曾經對聖徒保羅說過的一句話，當然他是在非常不同的情境下說的，『你這樣相勸，幾乎要說動了我』；但是還沒有完全說動。如果教授不必為提升品味負責，那麼我必須要問，誰應該負責？」

這個問題無人回答。「各位女士先生，恐怕我們在這個候選人的部分打轉太久了。」克萊格院長把所有人的注意力吸引到他身上。「我必須擔負掌控時間的任務，為討論收尾。李奧納，除非有任何其他特殊的問題要問你——有嗎……？」克萊格暫停一下，審視與會者。「如果沒有，可以請你退場了，我們要總結對經濟學系候選人的審議結果。我在此代表全體委員感謝你的參與。」在經濟學家起身離開時克萊格加上了最後一句話。

「雖然這位候選人花的時間有點超過，我們還是一樣保留十分鐘的討論時間，然後進行模擬投票，再請羅斯博士進來。如果需要更多討論時間，那麼在會議的最後我們還有時間繼續討論。有人願意先開始嗎？」

整個早上一直沉默無語的喀爾文•韋伯，突然以兩個字的發言抓住所有人的注意：「教學。」

「什麼？」院長一時反應不過來。

「教學。這個人教書教得好嗎？整個早上我一直聽著會議進行，結果沒有提到任何一位候選人的教學技巧，一句也沒有。我在教評會可以說是新手上路，所以問的問題也許很笨，但是請你們原諒我的笨拙，這個問題我無論如何要問。我在高森先生的檔案裏面，完全找不到有關教學的資料。」

佛斯特•巴瑞沒有放過這個機會：「既然是新手上路就應該知道，每一條路有每一條路的規矩。在哈佛我們假定能夠被提名升等的全都是夠格的老師，所以你沒有必要在這個層次提出這種問題。」

丹頓・克萊格的臉上露出長者慈祥的表情：「恐怕佛斯特的話有他的道理，喀爾文。」他的微笑恰到好處，如果換了另一個人，一個不如克萊格如此善於維護和平氣氛的人，同樣的笑容可能會像是在施捨。「教學能力的部分，理論上在系級的層次就應該已經考慮過了。」

「但是研究成果也是。我們這個評議委員會為什麼只審核一個系所對該系教授研究的評估，而不審核對教學能力的評估？真要坦白說的話，這裏的每個人應該都會承認，我們對評估其他領域候選人的教學能力比較有信心，更甚於評估他們的研究成果。我無法理解高森先生論文中的統計資料，但是經濟學家可以。如果有機會的話，我想我可以判斷他在課堂上的表現是優是劣。」

「但是研究成果是客觀的——所有人都可以檢驗。教學表現卻是主觀的，結果往往變成互相比較誰最受學生歡迎，不是嗎？」墨利森・貝爾尖聲尖氣地說。「而且，如果教學成為升等的主要考量之一，我們全都必須同意接受同事的長期監督與觀察。」

「如果弄個委員會在教室裏旁聽教授上課，也會壞了哈佛的規矩，」巴瑞補充。

喀爾文・韋伯似乎決定向教評會根深蒂固的基本原則投降，他誇張地嘆了口氣，喃喃抱怨道：「好吧，最重要的是，我們可別破壞了哈佛的任何規矩。」

接下來的幾分鐘，委員會以最高效率履行了他們的職責，委員們交換了意見，澄清了幾點細節，成員之間的對話，帶出了他們對這位候選人成就的不同看法。專業問題就交給史匹曼解決，他代表這個候選人所屬領域的專才，其他人也會在討論自己系上候選人的時候輪流擔任這個角色。在這段期間之內，丹頓・克萊格安靜地做著筆記，因為他要根據這些討論以及接下來的投票，撰寫他要上呈的報告。

「各位先生女士，討論必須要喊停了，到了該投票的時刻。跟之前一樣，我們按照逆時鐘的方向進行。亨利，記得這一次你不能投票，因為高森是你們系上的人，當然，你已經有過機會發表你的看法了。奧立佛・吳？」

「我從來沒想過自己竟然會投票支持邊沁的現代追隨者。我想如果隨便找十個人和亨利・史匹曼放在同一個房間裏，出來時每個人都會站在他那一邊——至少會暫時站在他那邊。所以在我改變主意之前，我會投贊成票。」

「蘇菲・尤斯提諾夫？」

「我也是這樣。經濟學和化學不一樣，方法也不一樣。一個地方適用的法則，在另一個地方不見得適用。經濟學家都說他的水準夠，柯斯特又說經濟系需要他，我們就讓經濟系留著他吧。」

「喀爾文・韋伯。」

「我贊成支持這個候選人。」

「好，這樣就有三票贊成票了。亨利，我要跳過你，直接請瓦蕾蕊・唐席格發言。」

「恐怕我必須打斷支持高森先生的行列。我絕對沒有和你唱反調的意思，亨利，但是我不認為這位先生的作品值得這麼高的評價。我投反對票。」

「好，現在是三比一。下一個是墨利森・貝爾。」

「身為數學家，我必須說這位候選人的研究技巧無可挑剔，我也相信他是一位稱職的經濟學家，但是基於某些原因，雖然我舉不出明確的例子，但我感到高森先生缺乏道德感，而這一點也表現在他的作品中。以講污染的那篇為例，寫得非常聰明，甚至可以說是技巧圓熟，但是其中沒有智慧，沒有平衡，一點也不瞭解他所處理的問題有多嚴重。」然後貝爾停頓了一下。「我不知道是不是應該提這件事，不過我認為這或許可以說明為什麼我認為這位候選人缺乏智慧。兩個多禮拜前，他打電話到我家，要求討論這個委員會的事。當然，我馬上就打消了他的念頭，但是之後，讓我生氣的是，我還是接到了他寄來的一封信。後來他又打電話來，說他犯了一個很嚴重的錯誤，說那封信裏面的資料是不正確的，如果我可以忘了這件事他會很感激。他一直不停地道歉，要求我把那封信毀掉，如果還沒看的話就根本不用看了。很巧的是，我確實還沒看。事實上，那封信還在我家，還沒拆，我可以向各位擔保——就在我的床頭櫃上——

留在它該在的地方。我要說的重點是，我並不是因為這件事而決定我的投票結果，但也許有所影響。我希望這個學校能夠越來越好。我要投反對票。」

丹頓・克萊格嚴肅地看著貝爾。「嗯，我們不能容許候選人為升遷拉票。不管他給你什麼你都沒有看，這種做法很明智。」克萊格院長在他的筆記本上草草寫了幾個字。「現在的票數是三比二。佛斯特・巴瑞，你是最後一個了。」

「我本來不想在委員會上提起這件事，直到墨利森說了他的事我才改變主意，不過我有想過，昨天晚上或許可以在史匹曼家和克萊格院長討論這件事。既然事情已經公開了，那就全部公開吧，我要說的是，這個高森也曾經來找過我，開始說一些很不得體的話，有關教評會的事，就在這個時候我們發生了小小的齟齬，談話也就中止了。之後我再也沒見過他。我同意坐在我左手邊的同仁所說的每一句話，我不認為這個人適合哈佛。」

「那麼就是三比三，也就是必須由我來打破僵局。遇到這種情況，我的政策是除非有特殊情由，否則一律投反對票，因為像升等這麼重大的事，如果大家的意見並不一致，似乎不足以支持候選人獲得終身職。關於這個候選人，並沒有特別的資訊讓我選擇網開一面。丹尼斯・高森先生的升等駁回。」

第十二章

一月十一日，星期五

帳怎麼算都不對，這應該只是簡單的算術問題，可是出來的結果卻不合。這位經濟學家從經驗中學到，銀行送來的對帳單不會有錯——亨利．史匹曼之所以密切注意自己的帳戶開支，並不是為了防止劍橋信託銀行的辦事員出錯，而是為了讓常用戶頭裏隨時可以提領的現金保持在所需的最低額度，如此才不會錯過其他賺取更高利息的機會。

我是不是哪裏算錯了？史匹曼反省自己在腦海中的計算為什麼和銀行電腦列印的明細表不一致，他拒絕使用計算機，因為他堅信這一類工具會損害他的心算能力；心算是一項有用的能力，但他認為在矽晶片時代這項能力正逐漸退化中。他再次審視帳目，直到發現有一筆公用事業的款項，現在因為由銀行自動扣款，所以沒有記在他自己的帳本裏。史匹曼很高興，數目不對原來是因為自己一時疏忽沒有看到，而不是因為算術能力有問題。

史匹曼把帳本收回口袋，環顧自己的辦公室。現在是一月十一日，星期五的早上，再過幾天春季班開課之後，他的週五早上將會在接見學生中度過，那是他的辦公時間。但是在這個週五的早上，在學期交替的過渡期間，他沒有學生要接見，沒有學術期刊要研讀，也不打算備課或撰寫研究報告，今天經濟學知識的疆域將不會有進一步的拓展，至少不會是由亨利・史匹曼來拓展。不，在教評會沉重的工作結束後，他決定重拾丹頓・克萊格的著作放鬆一下。幾個月前這本書出版的時候，丹頓送了一本給他，但是在秋季班異常忙碌的壓力下，史匹曼才開始看沒幾頁就不得不停止。今天他希望留兩三個小時的時間仔細拜讀，至少要看到能夠向贈書的好友提出一些有見地的評論，然後下午的時間可以空下來處理其他事情，包括過去幾天未處理的郵件，還有他桌上躺著的那堆粉紅色便條，每一張代表一通要求他回覆的電話。今天看來肯定是學者生活回歸俗世的一天。

亨利・史匹曼起身離開棕褐色的金屬辦公桌，踱到房間另一端的工作檯，上面放著他的郵件，由祕書看過之後按照優先順序排好。自從他在經濟學領域的聲譽與日俱增，他便發現有必要建立這樣一套優先系統，其中放在第一順位的那疊郵件，是和他地位相當的經濟學家來信，可能是要向他請教有關經濟學研究的問題，或邀請他參加會議；位於系統另一端，被排在最後的，則是教科書樣本，出版商往往一次就送個三本來，希望獲得教授採納為課堂用書。

史匹曼感到自己今天很累，幾乎可說是精疲力竭。教評會的會議並不是件輕鬆的工作，而且佔據了他做研究的時間——研究工作不僅不會消耗他的心力，反而具有振奮的作用。史匹曼拿起那本《美拉尼西亞風俗習慣探究》，他知道克萊格認為這本書是他的顛峰之作，他耗費多年時光研究聖塔克魯茲群島上的原住民，研究成果很可能顛覆關於南太平洋島民文化現有的理論。史匹曼把封皮內頁夾在他看到的最後一頁，輕鬆地坐在書桌前面，開始閱讀。這個部分的研究應該比史匹曼之前讀過的任何部分更引起他的興趣，但是他發現很難集中注意力或深入思考克萊格的敘述。某些經濟學家醉心於研究原住民的經濟體系，但史匹曼對這個主題完全沒有興趣，現代文明的商業與金融活動已經蘊含了太多難題，足夠讓他充分發揮分析能力，他一點也沒有衝動想深入探索原住民的社會經緯。

丹頓．克萊格可不是這樣，史匹曼從眼前的書本中可以看出，克萊格院長徹底融入原住民文化之中，連一針一線也不放過，甚至收集了島上販賣的各式日用品售價做為資料，而這些買賣背後所依據的複雜貨幣體系，克萊格也詳加闡述。

史匹曼讀到，聖塔克魯茲群島整個金融體系的基礎，也就是這些原住民所使用的貨幣，是用雨林中一種小型食蜜鳥的鮮紅色羽毛製成，以樹液和纖維加工製成帶狀，每一條羽毛帶都有固定的價值，這個價值是和其他羽毛帶比較得來的，羽毛的品質不同，價值就不同。史匹曼想像島上居民要買什麼重要東西的時候，帶著大捆大捆拖得長長的羽毛帶出門的模樣，不禁暗自好笑。在視覺上，他認為這和現代的塑膠貨幣，也就是信用卡，形成強烈的對比；但也不過就在兩百年前，美國的貨幣是用一定重量的金子或銀子代表，還被認為比北美印地安人交易時常用的貝殼串進步——他們真的是用彩色貝殼串成一串當作貨幣。此外史匹曼還想到，如果把紙鈔從今日的經濟體系中拿掉，現代人會很快回到以物易物的階段，最好的證據就是監獄裏的囚犯和戰俘都廣泛使用香菸做為貨幣。

史匹曼看著看著，想到他的朋友丹頓一定會對一個故事很感興趣，這是十九世紀的經濟學家傑逢斯（William Stanley Jevons），同時也是邊際效用理論之父所說的一個故事，後來被無數的經濟學家在課堂上引用，說明貨幣演化的不同階段。故事的主角是澤麗（Zélie）小姐，巴黎音樂劇院的班底之一，有次應邀至法屬玻里尼西亞群島演唱，說好她可以分得門票收入的三分之一整，但是等到分紅的時候，她很震驚地發現他們收的淨是豬、雞、火雞、小雞、檸檬、可可豆這一類東西。帶回巴黎的話，這些東西的價值還蠻可觀的，大概可以換得四千法郎，但是在旅途中她必須用水果餵食牲口，等回到法國的時候，這位小姐對紙鈔的好處有了更深一層的體認。

時光流逝，史匹曼知道上午很快就要結束，然後必須處理其他雜事。他決定看完這章再去做其他事，這一章解釋了島上貨幣的價值比如何決定，這位經濟學家並不意外地讀到，紅色羽毛帶的價值終究必須根據某個標準決定：在聖塔克魯茲群島上，這個標準就是新郎家族付給新娘家的最小數目，稱之為「新娘價格」。克萊格發現，這個標準價格永遠由十條貨幣單位構成，十條帶子的價值依序排列，從最完美的一號羽毛帶，到價值最低的十號羽毛帶。克萊格在書中敘述，原住民可以輕易地在腦海中算出這些帶子的價格，他一開始還需要寫在紙上算一下。這些帶子之間的價格差異，以幾何級數遞減，每一條帶子的價值都是下一級的兩倍。所以，如果一隻小豬可以用一條六號的帶子買到，那麼用七號的帶子去買的時候就需要兩條；一罐蜂蜜的價值如果等於一條最高級的一號帶子，也就等於五百一十二條最低級的十號帶子。克萊格費盡心思，收集到了某個月島上交易的所有商品的價格，以這些羽毛帶做為貨幣單位，製成表格詳盡列出。舉例來說，克萊格列出的商品中最貴的是獨木舟，具有一定品質的獨木舟，在克萊格訪問的所有村落和島嶼中，平均價格是九百五十條九號帶子，個別價格則在七百八十到一千一百條九號帶子之間。但是如果是一籃山芋，這是島民日常食用的低價商品，價格則在四到五條九號帶子之間。

在閱讀的過程中，史匹曼發現這位同事的研究和他本身的研究有個不同的地方。在人類學的領域，發現以往未知的事實並加以列出，便可以視為一項重大突破，但是經濟學家就不太可能只列出資料而不提供任何理論解釋，說明這些重要發現的意義。然而史匹曼還是讀得很高興，克萊格在這個開發程度較低的經濟體中，敏銳地觀察到市場上的重要因素，書中描述在不同的村落中，市場上討價還價的情況，以及購物者如何習慣性地走訪好幾個村落，確保他們珍貴的紅色羽毛貨幣可以做一筆最划算的買賣。史匹曼的目光再度掃過克萊格收集的價格表，然後……

辦公室的門突然打開，沒有敲門也沒有任何預告。「亨利，我可以耽誤你一點時間嗎？」李奧納・柯斯特站在門口，臉色蒼白，表情凝重。

「發生可怕的事了。」

「當然可以，請進，李奧納。」史匹曼坐在桌旁回話，一邊示意他在桌旁一張椅子上坐下。「怎麼啦？」

「我剛剛才收到這個不幸的消息，是丹尼斯・高森，他死了。」

「死了！」史匹曼重覆這兩個字，語氣比較像是驚嘆句而不是問句。「他發生什麼事了？」

「院長辦公室剛打電話給我，我還不知道細節。但是今天早上很早的時候，有人發現他在他的車子裏，他自殺了，一氧化碳中毒。他從排氣管接了一條管子到車裏，他們發現他的時候丹尼斯已經死了，警察在他家的打字機上找到一張簡短的自殺便條，就放在他升等被駁回的通知信旁邊。我本來打算今天請丹尼斯過來，談一談他未來的計畫，當然還要告訴他我很遺憾委員會做出這樣的決議。我當然不可能知道他對這件事會有這樣的反應，不可能的，對不對？」柯斯特以哀求的目光看著史匹曼，希望獲得他的認同。

史匹曼回視柯斯特的目光，然後又越過柯斯特望向遠方，他發現自己不太確定在這樣的情境中該採取什麼樣的情感反應。他為高森的家人和未婚妻感到難過，高森的未婚妻最近才剛到他家來做過客；他感到很憂心，對哈佛終身教職的渴望，竟然可以走到如此不平衡的地步，他也很遺憾，經濟學領域痛失了一位年輕的英才，他還感到很生氣，沒有一個人，包括他自己，曾經體貼地想到要讓高森對教評會的結論有個心理準備，結果，這個消息導致了高森助教授決定結束自己的生命。

「通知他的家人了嗎？」史匹曼詢問。

「有，驗屍官通知了他們。我知道丹尼斯的父親今天要飛來處理後事，我也已經留話給他媽媽，說我們系上會盡可能在各方面幫忙。我擔心的是媒體會拿這件事大作文章，你認為我應該對媒體發表談話嗎，亨利？」

史匹曼走到自己的辦公椅旁邊，繞著椅子轉了一圈，然後一屁股坐下，面對同事說：「如果有任何記者和你聯絡，我會建議只要給他們簡短的報告——姓名、職位、編號這類的回答。

他們不會想瞭解丹尼斯・高森這個人，他們要的是封面故事，也許是哈佛如何剝削年輕教師的故事。」

「你說的對，亨利。我想我不會告訴他們任何事，除了基本資料以外。媒體喜歡這種『踢爆學術圈內幕』的故事。」柯斯特準備離開，前腳還沒踏出辦公室，史匹曼已經伸手去拿電話。

「請接克萊格院長，謝謝。」史匹曼講電話的語氣很沉重：「丹頓？我知道你已經聽說丹尼斯・高森的不幸事件了，我打來是要說我也和你一樣難過，我的朋友。我知道在這個節骨眼上發生這種事，只會加重你的負擔，我不會耽誤你太久的，但是我想知道你的反應。你和我都見過許多有能力的年輕人在升等的時候慘遭滑鐵盧，但是我不記得有任何一個人採取這麼極端的行動，你記得嗎？另外我想讓你知道的是，不論你計畫如何加強其他年輕教師的心理建設或防禦，我都希望能夠參與幫忙。我知道自殺很可能會引發連鎖效應。」

「謝謝你打電話來，亨利，」克萊格回答，「是的，我非常擔心——我馬上想到的就是其他助教授，那些和高森一樣，剛收到我辦公室發出的駁回通知信的人。我已經召集這些人，還有他們的系主任今天下午來開會，而且我告訴他們一定要出席，就算系主任已經安排好了出差的行程，也一律取消。我也和諮商中心、醫學院的人談過，通知他們現在的情況，讓他們準備好輔導有需要的教職員。老實說，我也很擔心對於今年進入就業市場的研究生，這個事件會激起多大的焦慮？只有上帝才知道。然後還有監察委員會，已經有兩個委員問我，我們經營的到底是什麼樣的血汗工廠。沒錯，其中一個就是這麼說的：血汗工廠。所以校長已經要求我準備一份備忘錄，針對這件事情向他們報告。以前也曾經有過教授自殺，而經過諮商打消自殺念頭的人數，更是多到保證讓你大吃一驚，但是高森事前一點徵兆也沒有，這種行為似乎很不合理。我的意思是，他在哈佛沒辦法升等，難道就是世界末日了嗎？其他好的州立大學還很多，他大可以挑一家去教，或者很多有實力的人文學院歡迎他都來不及了，所以說他的行為看起來沒有道理。」

結束談話之後，史匹曼把聽筒放回原位，院長的話在腦海中揮之不去：「不合理」、「沒有道理」。自殺不怎麼符合史匹曼心目中的人類行為模式，他所受的科學訓練使他相信，一個人會根據邊際效用而調整自己的選擇：這個多買一點或那個少買一些、搬家住在這邊而不是那邊、選擇這個工作而不是那個工作、犧牲一小時的休閒時間加班等等。自研究所以來史匹曼一直奉為信條的，是馬歇爾（Alfred Marshall）的巨著《經濟學原理》的卷首語natura non facit saltum——自然界絕無大躍進。就史匹曼看來，自殺就是一種大躍進。在概念上他可以理解，當剩餘的生命對個體的效用為負時，他可能會決定結束生命；但是一個前途如此光明的年輕人，生命還有許多樂趣等著他享受，這種行為實在太不合理了。

他不太熱心地匆匆掃視完一部分的郵件，桌上那些粉紅色的便條他連是誰的名字都不想看，更不用提祕書在名字下面記錄的留言了。他覺得回覆郵件和電話的工作可以明天再做，今天他沒有這個精神。他披上厚重的外套和帽子，準備回家去。

走出建築物的時候，一陣冰冷的海風迎面而來，一路伴隨他走向停車的地方。快要到停車場的時候，從他身後傳來響亮的招呼聲：「史匹曼先生，我說，史匹曼先生！」

史匹曼轉身，看到佛斯特・巴瑞教授向他走來。「你聽說了你們系上同事的事嗎？」

「是的，我剛聽到這個消息，真是讓人措手不及，這是經濟學界的一大損失。」

「哎，不只如此，還有其他讓人煩心的事，報紙一直打電話給我——而且竟然在我早上吃飯的時候打來，打斷我用餐。我們在教評會的投票根本已經不是祕密，投票反對你們系上那個高森的名單，媒體已經拿到了，現在這些無冕王打電話來拿問題轟炸我，好像都是因為我投了反對票所以導致那個可憐人自殺。當然，像他們這種欠缺文字素養的人，是不會知道導致死亡和必須為此負責之間的差異的。我們在委員會的決議，在抽象意義上可能導致了高森先生的死亡，但是我們無需為此負責。」

「我不知道你希望我說什麼，」史匹曼回答，「我可以向你保證我沒有——事實上我也不會——告知任何外界人士，你或者是委員會的任何成員投票反對丹尼斯·高森。這個消息曝光，根據你剛剛所說的，我認為這實在是太不幸了。我當然不會認為你必須為高森的死負責，一點也不會，你怎麼可能預期到會造成自殺？沒有人想得到。你和我意見最大的差異，在於你決定反對他升等，這你也知道的。我非常確定這件事你做錯了。」

「我投票反對這個小伙子錯了？少來了，你現在一定同意我的意見，這個可憐蟲不夠格名列哈佛教授的席位。我的意思是，就算之前不夠明朗，現在證據也很明顯了。因為遇到一點點的不如意就自殺？這可不是哈佛人的習慣——不管是校友或教授！高森實在應該在什麼時候接觸一下斯多葛學派的信徒。英年早逝也許感覺很符合荷馬式的浪漫，但可不是靠自殺，除非你和蘇格拉底一樣——自殺的高尚……出於高尚的理由。但是你的同事高森，卻是出於懦弱的逃避，再也沒有比這更怯懦的行為了。當然他也不會考慮這樣做的後果——媒體、流言蜚語、對學校造成的傷害。」

「我懷疑，」史匹曼回答，「高森的死除了社會適應不良或人性的脆弱還有其他理由。無論如何，我有信心哈佛的名聲可以安然度過這場風暴，更大的風雨以前也不是沒有過。至於媒體，我建議你對他們說你剛剛說的那套：高森的死正好證明了你的看法，他不是擔任哈佛教授的料。這個回答應該可以斷絕他們再來打擾你用餐。」

史匹曼啟動車子，向西離開了校園。起初他打算直接回家，但後來又決定中途在喀爾文·韋伯的住處暫停。史匹曼被領進書房，向韋伯說了這件事，韋伯表示還沒聽到這個消息。史匹曼重述了事情的始末，包括教評會的投票結果如何已經不是祕密、克萊格院長如何因應這起意外事件、巴瑞的反應又是如何。從韋伯一開始回答的話看來，他似乎只聽進了史匹曼所說的最後一部分。

「亨利，你知道嗎，薩克萊（William M. Thackeray）寫過一個『卑賤地崇拜卑賤事物』的人，這正是巴瑞的寫照——自以為是、勢利全都跑出來了。他認為自己的投票是正確的，他甚至讚賞自己這麼做，但是他卻不想因為這件事而被騷擾。他連問也沒問一句，高森有沒有家人？或是那個我們在派對上見過的女友怎麼樣了？有沒有人知道是不是有人去慰問她了？」

「我不知道，」史匹曼坦承。「我只是想讓你得到這個悲劇的第一手消息。我正在回家的路上，要在佩吉從新聞上聽到之前先告訴她這個消息，希望她還不知道。她見過高森——事實上有天晚上他跑來我們家，非常煩惱的樣子，為了他的升等。但是他不可能在那個時候就知道他無法過關。事實上，依他在我們系上獲得的支持度看來，他絕對有理由抱著相反的期待。」

喀爾文·韋伯問史匹曼要不要喝些熱茶，史匹曼婉拒了，然後韋伯又試著讓這位朋友打起精神，便滔滔不絕地講起了他在菲林百貨買衣服的經驗，就是他不小心看到史匹曼被撞飛倒進浴袍堆裏的那天，但是這番努力還是沒用。史匹曼準備回家的時候，韋伯幫忙這位同僚穿上大衣，說：「記得，亨利，逝者已矣，你沒有什麼好愧疚的。你在會議上強力支持高森，為他說話。我媽媽以前常唱一首靈歌給我聽，裏面說到在基列地方有芳香的慰藉。你為高森挺身而出——你對高森作品的看重——就是給他最好的慰藉。」韋伯停了一下，又說：「但願他知道。」

史匹曼朝南穿過劍橋近郊住宅區，從韋伯家到他家只有一小段路，不到五分鐘他就抵達家門，和妻子互相親吻招呼。「亨利，我聽說了。丹尼斯•高森的消息。我就知道那天晚上他來找你的時候，有什麼事情很不對勁。」雖然佩吉沒有明說，但是亨利知道她在擔心什麼：她怕高森到家裏拜訪的那個晚上，亨利對這位年輕同事過於嚴峻。

「還有亨利，家裏電話一直響個不停，我看看，蘇菲•尤斯提諾夫打來過，還有墨利森•貝爾和瓦蕾蕊•唐席格。他們三個聽起來都很沮喪，尤其是唐席格小姐。他們想知道你是不是已經聽說了這個消息，我猜也猜得到你聽了會有什麼反應。還有個學生報的人打來——還有兩家電視台。其中有一家，我現在想不起來是哪一家，說今天晚上要做個特別節目，報導哈佛的教授升等審核過程，他們想要訪問你。我建議他們打給李奧納•柯斯特。」

「太棒了，」史匹曼咕噥著說，「特別節目。經過半天的調查之後，他們會在節目中做深入徹底的分析和評論，毫無疑問還會有改革的具體建議，全部都是現炒現賣，而他們所炒作的東西，卻是花了幾百年時間才形成的學術傳統。」

史匹曼的聲音提高到清晰可辨的程度：「謝謝妳，親愛的，謝謝妳把他們轉到李奧納那邊去。我想今天我就不接電話了——學校同事打來的除外。如果妳不介意，我想去書房靜一靜想事情。我們等一下晚上出去吃中國菜好了，可以嗎？就我們兩個。」

第十三章

一月十二日，星期六
一月十三日，星期日
一月十四日，星期一

「爹地——我找不到裝小提琴的盒子啦，你知道媽放在哪裏嗎？」

「妳怎麼不去問妳媽？」

「她和黛比在地下室，幫她準備上體操課要用的東西，然後凱麗的媽媽已經在前門等了啦。」

「妳床底下還有衣櫃裏面找過了嗎？」

「沒有。」

「好，妳現在去找，我去跟薩吉威克太太說，妳馬上就會出來。」

貝爾家的星期六早晨，總是以高速運轉開場。幾乎每個人都要外出，在廚房和家裏其他地方之間來去穿梭，一邊為今天的行程做準備，一邊匆忙地趁空檔吞下幾口早餐。小女兒愛蜜莉要在八點半準時出門，好搭共乘的車子去鈴木音樂教室上課，但是她出門前總是會有一兩個突發狀況，今天早上是找不到提琴盒，上個禮拜是忘了樂譜。

墨利森・貝爾很高興這個星期不是輪到他負責開車載小朋友去上課，他從經驗中知道，薩吉威克太太應該預料得到一路上會發生不少類似事件耽擱行程。他太太瓊安正在地下室的洗衣間，他猜想，她八成正趕在最後一分鐘找出一條乾淨的毛巾或連身衣，好讓黛比帶去上體操課。瓊安會送黛比到高中去上課，然後自己再去教會上有氧課程。全家人的分佈位置在上午過了一半之後會來個大搬風，十點左右瓊安會接愛蜜莉去藝術學院學畫，黛比去上電腦課；至少這是貝爾家今年冬天的例行模式，去年冬天則是鈴木音樂教室、游泳、芭蕾綜合交錯。

「現在的小孩都不在院子裏玩耍了是嗎？」這天早上送走最後一個家人之後，墨利森・貝爾對自己說。這套模式和他自己的童年記憶有很大出入，他媽媽會叫他們兩兄弟去外面玩，直到媽媽叫他們回來吃午飯為止；中間這段時間，他們就和街上其他相同情況的孩子在一起，商量要玩些什麼，可能是打彈珠、丟球遊戲，如果人夠多的話，還可以分隊比賽，或是玩躲貓貓、搶人遊戲。當時和現在的一大差異是，沒有大人在一旁看著。以貝爾來說，他父親每週六早上都要工作，開卡車送牛奶；父親出門之後，母親整個早上要忙著燙衣服、清爐子、給冰箱除霜、晾衣服、把水果和蔬菜做成罐頭——拜科技進步之賜，這些工作瓊安都不必做：免燙的快乾布料、自動清潔的爐灶、不結霜的電冰箱、電動烘衣機、冷凍食品。在富裕的美國家庭中沒有外出工作的家庭主婦，現在負責扮演的角色是社會指導員，確保家裏每個人充分有效地運用時間和精力。

家人所安排的活動，對貝爾本身倒是有益無害。如果他的孩子真的在院子裏玩耍，那麼他賞鳥的興致就算不完全被澆熄，也必定大打折扣。他們家後院這塊封閉的空間，是因為結合了寧靜的氣氛和貝爾所放的飼料，才能夠吸引鳥兒造訪，就像一個沒有圍欄的鳥舍，讓貝爾在自己的臥室裏舒舒服服地觀賞這些訪客，不至於驚擾到他們。

這位哈佛數學教授一個人走進安靜的寢室，這是他最喜歡的工作和休閒場景。為了滿足其他人的需求，貝爾父親的工作行事必須遵守嚴格的時間表，但是貝爾不一樣，他可以自由選擇週六早上要不要工作、在哪兒工作。數學期刊可以帶著走，表示臥房就可以做為工作場所，讓他跟上數學界最新著作的腳步，而且這項工作沒有完成期限，他可以隨時把資料放在一邊，愛停頓多久就停頓多久，比方說在他感興趣的品種飛來造訪餵食器的時候。

貝爾把枕頭靠在床頭板上，甩掉腳上的鞋，爬上床躺好，正在考慮該從哪裏開始讀起的時候，目光落在床頭櫃上尚未開啟的那個馬尼拉紙信封。他原本希望能夠從記憶中完全抹去昨天聽到的消息，但是那個淺色的信封迫使他又想起了昨天傳出的悲劇。正好三個禮拜前，不幸的丹尼斯·高森打電話給他被拒之後，曾經宣稱會寄一份東西給他，「可以拜託你看一下嗎？」這是他最後說的話，貝爾回憶著。但是那時候貝爾認為他的要求逾越了份際，所以在這封違背他意願的信寄到時，便擱在床頭櫃上。或許他會讀那封信，但是必須在教評會的審議結束，大局底定之後。可是之後高森又打電話來，請他根本不要看那封信。現在高森死了，貝爾深深感到他的行為曖昧難解，從一方面來看，現在讀那封信不會對任何人造成傷害；但是從另一方面來看，讀了那封信又有什麼好處？

這個年輕人終結了自己的生命，而墨利森·貝爾，不管他的理智是怎麼想的，情感上都感到愧疚。他的愧疚不是因為他曾經故意做了什麼事導致這樣的結局，但他還是愧疚。他無情地拒絕了一個人，現在他知道這個人當時處於一種如何絕望的境地，更糟糕的是，他還投票反對高森的升等。確實，他不是關鍵性的一票。他記得是克萊格院長打破了平手的僵局，佛斯特·巴瑞則是投下最後一票反對票的委員，如果巴瑞投的不是反對票，事情就會不一樣了。但是這些想法只能帶來些許安慰，他知道如果自己投了贊成票，院長也就不需要出面裁決。儘管如此，就算他早知道這場攸關生死的投票會帶來什麼樣的結局，他會做出不同的決定嗎？貝爾的投票，根據的是他所看到的表現。他確實可以做出不同選擇，但是高森同樣也可以有不同的選擇。貝爾必須不斷提醒自己，他的所作所為並沒有任何強迫這個年輕人自殺的成分。但是不管他怎麼想，其他人都會有不同的解釋；媒體一定會讓他們這樣想的。

貝爾在哈佛擔任教職這麼多年以來，從不記得有過教評會的祕密決議過程外洩，他第一次被推薦升等的時候，連教評會裏面有哪些人都不知道。成員的部分現在已經公開，但是教評會的投票結果應該仍是不可侵犯的祕密。星期五貝爾刻意避開了媒體，他們想要問他在高森的自殺中扮演了什麼樣的角色。他很高興他這麼做了。週五晚間新聞看到巴瑞出現在電視上的時候，貝爾的臉皺成一團。可憐的佛斯特，他是如此強調名正言順，如此相信哈佛的事就該由哈佛自己解決，輪不到別人來管。現在他所投下的那一票，原本該是祕密的投票結果，卻經由媒體放送給全世界知道。佛斯特・巴瑞從來不願意被人家發現自己的客廳裏擺了台電視，現在卻出現在無數波士頓居民客廳裏的電視上。

但是就某方面來說，這也是他自找的。巴瑞竟然提到他和瓦蕾蕊・唐席格的事，實在不可原諒。他讓燈光和鏡頭給打亂了手腳，原本大可以只針對自己的部分回答，或甚至避重就輕不要回答。如果是他，貝爾，處在類似的情境就會試著這麼做。巴瑞刻意強調其他人在高森的悲劇行為中所扮演的角色，實在太不恰當。

貝爾拾起高森寄來的信，發現自己根本不知道發信人長什麼樣子，無法在腦海中描繪出這個年輕人的臉孔，這個年輕人造成了週五的騷動，以及週六的鬱悶愁思。最後貝爾還是決定不要打開這封信，把信放回床頭櫃上。星期一，他會請學校的信差把信送到高森的辦公室，讓那些負責處理高森事務的人決定該怎麼處理這封信，會是最好的做法，貝爾心想。

貝爾從眼角餘光注意到地上的松果有動靜，他在週五傍晚把這些松果灑在一個餵食器的下面。他轉動頭部，尋找更好的視角。這次絕對不會錯，光看鳥喙的形狀就可以確定——一陣喜悅驅散了剛才所有的思緒，今天畢竟還是幸運的一天，貝爾想著；一隻翅膀上帶著白斑的紅交嘴鳥就在他的窗外，正在啄食松果。他在西嶽山社有個好朋友昨天打電話來，告訴他今年冬天有人在這個區域發現交嘴鳥，貝爾便希望幾顆松果可以獲得恩賜一眼，現在真的來了一隻。兩年前貝爾和小女兒愛蜜莉看到交嘴鳥的時候，愛蜜莉還以為那是隻殘廢的畸形鳥，因為鳥喙上下交錯扭曲。他很高興地向女兒解釋，這種鳥的「畸形」讓他們可以吃到松果的種子。貝爾拿起雙筒望遠鏡，好看得更清楚一點。

看到不常見的鳥，每每可以讓貝爾高興萬分。在整個自然界，沒有其他任何生物有像鳥類如此複雜的生理結構，整體又呈現出如此驚人的美。像今天這種驚喜的體驗，對他而言是極其重要的指標，代表人類與自然和平共存，正在復育環境。他滿心期待家人回來，好和他們分享這個消息。

他的心思已經完全飄離高森的事。他知道生命中難免會有這一類脫序的事件，但是今天他的焦點要放在讓他滿足快樂的事情上。貝爾看了看手錶，「至少還要三個小時，瓊安和孩子才會回來，」他對自己說。他再度瞥視餵食區，紅交嘴鳥已經不見了。貝爾又觀察了幾分鐘，看有沒有其他讓他感興趣的事情，結果沒有，他又開始閱讀他的學術刊物。

他安安靜靜地讀了一個多小時，偶爾抬頭看一眼餵食器附近。孩子不在的時候，家裏還真是安靜，貝爾心裏想著。但是這種局面很快就會改變，他必須盡可能有效利用獨處的時間，於是他又投入另一篇文章，然後再一篇。第二個小時過去，貝爾完全沒有移動位置，現在他翻到一本數學期刊，開始飛快地瀏覽起索引。

他固定看一眼窗外，瞥見許多忙碌的小動物，但全都是常見的種類，沒有值得多看一眼的，於是便重新回到閱讀。突然一陣騷動引起了他的注意，他抬頭一看，出乎意料地發現所有鳥兒都飛走了，地面上或餵食器附近都看不到任何動靜，那一團淡黃色油脂暴露在寒冬的空氣中。

他起身走向窗戶，後院一片安靜無聲，光禿禿的樹枝似乎全都凍結在原地。不知道是什麼嚇到牠們了，貝爾想著。他伸長了手腳，因為長久沒有變換姿勢使得四肢有些僵硬。他注意到餵食器裏面的飼料快空了，這不會嚇到鳥兒，他知道，但這剛好是個休息的好機會，到外面走走可以振作精神，伸展一下肢體。鳥兒應該還在附近觀察等著回來，如果看到他重新裝滿餵食器，牠們一定很高興。他走出臥室，去拿那件充當外套的羊毛衫。

貝爾向一旁拉開臥室的玻璃門，步入冰冷的空氣中。他艱難地走過積雪已經被踩平的小徑，通往車庫的邊門。走進車庫的時候，他發現門沒有關緊。「我跟愛蜜莉說過好幾十次了，拿了溜冰鞋之後要把門關好，」貝爾嘆著氣，推開門，走進陰暗的車庫內，用手撥開電燈開關，但是沒有反應。「可惡，燈泡一定燒壞了。我都不知道跟那些女生講過多少次了，離開的時候要把燈關掉。」貝爾又嘆口氣，那是種父親溺愛女兒的嘆息。

他因為太常進來拿鳥飼料，自然而然地就往儲存飼料的容器移動，他對這個車庫實在太熟悉了，不需要光線就可以找到要找的東西。這也是為什麼他知道他是對的——他很確定，就像數學裏面任何恆真的命題一樣確定——這個熟悉的空間裏不只他一個人。他在看到或感覺到任何事之前，就已經知道了。

重重地一擊，車庫很快地恢復平靜。後院裏的餵食器依然沒有填滿，鳥兒來了又走，無人注意。

佛斯特・巴瑞打開放調味料的儲藏櫃，拿出壓蒜泥器，一些百里香和奧勒岡草，還有一片月桂葉；一片新鮮的紅鯛躺在他身旁的砧板上。星期天晚上他的俱樂部不開門，好幾年來他已經養成習慣，自己一個人在家用餐。如同瞭解他的朋友所說的，這是屬於他的晚上，「用來品味食物、音樂、小說的三重奏。」今晚的樂章將由甜桃、韋瓦第、葛林擔綱演出。

他從傍晚六點開始動手，預估大概一小時之後準備好晚餐，那時太陽剛下山，在韋瓦第的C大調雙小號協奏曲的樂聲中用餐，然後再來享用葛萊安•葛林最新的小說。

巴瑞時常參與社交活動，但是他抱持的是不婚主義，決心一輩子做單身漢。他想要有時間享受一個人的樂趣，譬如像今晚期待中的時光。通常他在家裏不會感到孤單，即使只有一個人也不會，但是今晚有點不一樣，今晚家裏似乎少了那種他喜歡的節慶氣氛，還有與新英格蘭地區夕陽漸沉無關的陰暗氣息。巴瑞大步走出廚房，走進餐廳打開電唱機。現在就開始放韋瓦第吧，這樣應該可以使氣氛活潑一點，他想。希望音樂的魔力可以撫平沉重的心情和鬱悶的感覺，這位哈佛古典文學教授抱著這樣的想法，回頭準備晚餐。

是因為昨天高森的事嗎？他懷疑。「當然不是！別傻了，佛斯特，」他發現自己在自言自語，「那個年輕的傻瓜就這樣自殺了，完全不考慮其他人，完全不顧學校。像這種沒有教養、不知誠信為何物的同事，是不可能想到這些的。」還有那個攝影記者，冷不防地衝進他辦公室裏就拍起來，麥克風也同時推到他面前，伴隨著有關高森的愚蠢問題。「真是白癡，白癡到讓人生氣一整晚。」巴瑞打定主意不看晚間新聞，也不看特別節目，他知道電視台針對母校哈佛的教授升等評議過程收集資料，做成了一部紀錄片。他很怕在自己辦公室拍攝的畫面，會在新聞裏播出或剪接收入特別節目裏，這整段插曲根本毫無意義，品味拙劣。「當然，我沒什麼好覺得丟臉的，」他喃喃地說，「根本沒有時間思考，沒有時間反省。」

精湛的演出技巧和華麗的銅管樂器開場從巴瑞的揚聲器中傳出，卻無法提振他的心情，連在做菜的時候，也沒有平常愉快的感覺。在準備今晚要吃的沙拉時，他甚至開始覺得冷，好像有股陰濕的感覺爬上心頭，讓他的身體也冷了起來。他想打個電話找朋友過來，雖然沒有事先說好，但他希望有個人陪他一起吃晚餐。鯛魚片的份量足夠兩個人享用，沙拉要多做一點也很容易；有個伴的景象很令人心動，儘管並不符合他的週日晚餐公式。「不，這樣太傻了，」他對著空氣中不特定的對象說話，「我還要讀葛林的小說，而且只有一本。晚餐可以共享，小說可不容易共享。」

「屋子裏是不是有風啊？為什麼這裏感覺這麼冷？」巴瑞惱怒地大喊。他放下正在進行的烹調工作，穿過餐廳，走到現在已是一片黑暗的客廳角落，還沒開燈就開始抱怨起來：「該死的前門開了。我怎麼會沒有拴好呢？」他大聲質問，但心情卻感到放鬆了點，因為找到了現成的合理解釋，可以說明家裏那股無以名狀的惡感。

佛斯特・巴瑞循原路回到廚房。這條路比較遠，會繞房子一圈經過前門，他的住所呈正方形，客廳有條通道直接通往廚房，但是繞道從餐廳走到前門，可以順便檢查大型的窗戶和餐廳的落地窗是否關好。

佛斯特‧巴瑞揮灑最後幾個音符，結束晚餐的準備。他從刀架上抽出一把五英吋長的索林根鋼刀，切碎幾根荷蘭芹，好用來點綴剛從烤箱拿出來的紅鯛。完成最後的審美工作之後，他把刀子放在櫃臺上，把主菜和沙拉端到餐廳桌上。在他端著食物進到餐廳時，突然敏銳地感受到韋瓦第的音樂，整個晚上第一次，他感到自己真正聽進去，而不只是聽到樂聲而已。他的心情變好了，之前感受到的寒冷消失無蹤，孤獨的感覺也隨之消逝。音樂、烹飪，還有接下來的閱讀——更精確地說，是這些事物在巴瑞心目中所代表的文明——幫助他擺脫陰鬱，甚至拋開了前一天事件的影響：經濟學家的自殺、媒體所帶來的不愉快，這些很快就會過去，他想。骨磁和純銀製成的餐具，在他矮下身子就座的時候對著他閃閃發亮，他安坐在桌子的一端，背向廚房。這個位置最能夠享受音響的聲音效果。

就在一剎那間，巴瑞瞭解到這個位置也給了另一個人方便，那個先前從前門潛進來的人。費心準備的晚餐再也無法享用，葛林也無法閱讀。佛斯特‧巴瑞剛吃下第一口紅鯛，就看到一個陰影橫過他所坐的桌子這一側，他嚇了一大跳，在椅子上轉過身面對廚房，只看到索林根的鋼刃一閃，向下刺進了他的胸口。這一次又是，沒有時間思考，沒有時間反省。

墨利森・貝爾之死，一開始讓警方感到很困惑，因為似乎沒有明顯的動機。警方通常的假設是，某個吸毒者跑到家裏來偷東西，被發現之後在爭執中殺了主人，但是在這個例子中似乎不適用。貝爾太太和警察搜索了整棟屋子，雖然房子的後門和臥室的落地窗沒有上鎖，臥室的窗戶實際上根本是開著的，但兩方面觀察的結論都是沒有貴重物品遺失，車庫也沒有任何東西失竊，雖然裏面沒有放什麼值錢的東西。另一方面，驗屍官估計貝爾死了大概一個多小時，才被回到家的家人發現屍體，這段充裕的時間足夠小偷在屋內大肆搜索掠奪。

哈佛數學教授謀殺案的餘波，驚動了整個劍橋，鄰近地區馬上產生反彈，貝爾家附近的居民變得更加關切自身的安全，當然，許多和貝爾家有來往或交好的鄰居，對於降臨在這個家庭的悲劇深表同情。整個週末貝爾的死訊在數學系的教授和學生之間流傳，大家持續地討論他的被害，做出種種推測。他所指導的幾個研究生更是身受雙重煎熬，一方面哀悼老師的逝世，一方面又要煩惱這件事是否會影響他們完成研究和學位論文。對他的直系親屬、警察、還有許多和他只有點頭之交的人而言，更大的問題是：「為什麼？」

可能的解釋多到數不清，因為雖然貝爾廣受推崇，但並不是每個人都喜歡他，他對學術研究的高標準，不僅用來嚴以律己，同時也嚴以律人，在他眼中不符標準的那些人，往往受到他嚴厲的苛責，留下深深的傷口，難以痊癒，有時甚至持續潰爛化膿，這在警方偵訊的過程中一一浮現。

儘管很多人都有仇視墨利森・貝爾的動機，可能希望置他於死地，但是一接到佛斯特・巴瑞被謀殺的消息，警方幾乎立刻排除了上述所有可能性。星期一早上清潔婦發現了巴瑞的屍體，消息傳出之後，恐懼馬上席捲整個劍橋地區。連續兩起謀殺案，在兩天之內殺了兩個哈佛教授，代表可能有個瘋子在附近晃蕩。詢問保全設施的人潮有如洪水般大量湧進當地的鎖店，銷售警報系統的公司更是摩拳擦掌，蓄勢待發。

史匹曼一家是從收音機廣播得知佛斯特・巴瑞的死訊。亨利回到家吃午飯，按照一向的習慣，坐下來之後扭開收音機收聽十二點整的新聞，當播報員宣布發現巴瑞的屍體時，史匹曼剛開始還信心滿滿地以為這只是個詭異的誤會：播報員是在重述墨利森・貝爾的謀殺案，但是不小心把名字講錯了。但是接下來詳述的細節，很快就使得史匹曼的信心幻滅。

「亨利，我想你有危險了。你和他們兩個都是委員會的成員。」佩吉臉色煞白，越過廚房的餐桌，沒什麼把握地看著丈夫。

「我想不會，佩吉。巴瑞和貝爾之間唯一的共通之處，就是他們都投票反對丹尼斯・高森。這個訊息不知道怎麼搞的，全部人都知道了。根據委員會的規則，我沒有資格投票，這一點也是所有有看報紙的人都很清楚知道的；除此之外大家也都知道，我是全場最支持高森的人。這個殺手的動機很有可能是為了報復，如果真是如此，我們就不會有危險，真正需要擔心害怕的人是瓦蕾蕊・唐席格和丹頓・克萊格。我希望警方已經想到這一點，並且給予他們保護。」

「但是為什麼有人要為丹尼斯・高森的自殺而報復呢？」

「我不是那麼瞭解丹尼斯・高森，所以沒辦法給妳肯定的答案。有可能是個非常喜歡他的人，也許是親戚或很親近的朋友，誰知道呢？遇到這種事情，最好不要問『為什麼』，而是問『發生了什麼』。」

亨利・史匹曼從桌旁站起身，走向廚房的電話。他打算打電話給他的朋友，警告他採取預防措施。但是他的手還沒碰到話筒，電話就先響了起來。「哈囉，亨利？」傳來了熟悉的聲音。「真是太巧了，丹頓，我正要打電話給你。我想你一定聽說了佛斯特・巴瑞的事，我要打電話叫你這幾天一定要加倍小心。我覺得有人正在展開仇殺行動，如果是這樣的話你和唐席格……」

「這正是我打來要跟你說的，亨利。很顯然你還沒聽到最新消息，瓦蕾蕊和我的安全沒有問題。我從今天一大早就一直和警方保持聯絡，十分鐘之前他們逮捕了梅麗莎・雪儂，罪名是謀殺佛斯特・巴瑞和墨利森・貝爾。」

第十四章

三月二十日，星期三
三月二十二日，星期五
三月二十五日，星期一

「麻州政府起訴梅麗莎・雪儂案」。曼寧・巴克斯特法官不需要查閱法庭備忘錄，他很清楚今天由他主審的這個案子，會是他法官生涯中最出名的刑事案件之一。他是米德塞克斯郡高等法院的陪審法官，這次受委任負責審理梅麗莎・雪儂被控謀殺一案。選擇陪審團成員的過程結束，讓他鬆了口氣；光是這件事就花了兩天的時間審理，現在終於可以開始正式審訊被告。巴克斯特穿上法官袍，一邊提醒自己今天的觀眾非比尋常，不是一般的組合如原告、被告、法律辯護人、外加慣例出席的旁聽人等，還會加上一般市民列席觀看公理正義伸張的過程。

巴克斯特法官知道，這宗謀殺案在社會上引起一種病態的關切，謀殺犯和暴力犯罪的細節觸動了社會大眾的癢處。今天該是「法庭悍將」出動的時候，巴克斯特心想，一邊用手指調整壓在法官袍前襟下方的領帶，讓自己舒服些。今天的法庭上會擠進其他不請自來的旁觀者，想要親眼目睹因愛人自殺而殺人的女性。巴克斯特法官的同事還說，可能會有哈佛學術圈的人出席：受害者的同事和朋友，以及學校的行政官員，他們會來見證正義的巨輪轉動，這批人無疑會希望能將被告定罪與判刑，嚇阻任何類似的極端行為，以免自己可能身受其害。

代表州政府的是桃樂絲・諾蘭，米德塞克斯郡的助理檢察官，她從法學院畢業後追隨一位聯邦法官實習，之後在三年前獲得地方檢察官指派現在的工作。如同在地方檢察官辦公室服務的大部分法律人員，她的政治目標絕不僅止於目前的職位，如果能夠打贏這個案子，就可以提高她的法律聲譽，對達成她的目標絕對有益無害。證明梅麗莎・雪儂有罪，是她更上一層樓的踏腳石，光是想到這一點，就足以讓她卯足了勁為今天的審訊做準備。但是撇開這個原因不談，諾蘭依然篤信被告有罪。雖然手上只有情況證據（circumstantial evidence），這也是她在爭訟時最大的障礙，但是在她的心裏，諾蘭確信雪儂殺害了墨利森・貝爾，也就是等一下馬上就要審理的罪名。由於貝爾的謀殺案比巴瑞的案件要來得證據充足，所以地方檢察官決定先以這個罪名起訴被告。

在法庭上諾蘭的主要對手是詹姆士・雷利，他是劍橋一家小型法律事務所的律師，專攻刑事案件，獲得當地律師界的高度評價。知名的案件總是可以吸引最好的律師投入，儘管本案的被告梅麗莎・雪儂付不起高昂的律師費也無妨。雷利對同事預告他有希望勝訴，幾乎是誇下海口擔保梅麗莎・雪儂會無罪開釋，這不會讓他獲得警方和貝爾一家的好臉色，但卻是無價的宣傳，比任何付費的廣告都有效，可以證明他們事務所能力不凡。而且在與梅麗莎・雪儂相處許久之後，雷利相信她是無辜的。

亨利・史匹曼一開始決定不出席旁聽審訊，現在正是學期中，哈佛的工作很繁重，而且他還要準備前往加州，在UCLA和史丹佛發表一篇論文，回程又預定前往國會山莊，出席聯合經濟委員會作證；除了這些工作以外，他每個月發表一次的專欄寫作進度也落後了。但是喀爾文・韋伯說動了史匹曼，至少在丹頓・克萊格預定列席作證的那天前去旁聽。

米德塞克斯郡的法院大樓，是劍橋市內最高、最新穎的建築物之一，在一九七〇年代落成啟用之時，由於向建商收取不法回扣的流言爭議不斷，使得法院籠罩在一片烏煙瘴氣之中，但時至今日，高雅的裝潢所耗費的成本，已經從傳媒的記憶中淡去，大理石和柚木建材，開始在當地居民心中喚起欣賞與感激的情緒。用來審理案件的房間呈半圓形，不太符合法院的傳統，反倒更像是依照聲學原理建造的劇院。米德塞克斯郡的司法界人士對這棟建物懷抱著審慎的驕傲感，相信和河對岸感覺有點過時的波士頓司法大樓比起來，他們這邊絕對佔了上風。

出席這場審判的，只有一個人不需要移動前往法院大樓，那就是梅麗莎・雪儂。為了確保被告的安全，拘留所設於法院頂樓，只要走過一段嚴加戒備的長廊，再搭乘備有特別安全設施且限制使用的電梯，梅麗莎·雪儂便可抵達審判室，完全不需要與外界接觸。

「以前上過法院嗎，亨利？」喀爾文·韋伯隨意問道，他們兩人正站在法院門外，和其他旁聽的人一起等待開放入場。丹頓·克萊格過來加入了他們，他今天要擔任檢方的證人。

「只有一次，好幾年前的事了，那時候我還是助教授。我必須說，我的證詞實在沒有發揮什麼功效。」

「怎麼會這樣？」因為馬上就要輪到自己上證人席，所以克萊格很感興趣地發問。

「談了太多經濟學，而且超前了時代，」史匹曼回答。「有人跟我說，那些證詞現在可能會收到比較好的反應。」

「因為現在大家更認識你了，當然啦。」克萊格提出一個大膽的解釋。

「不，不是因為大家更認識我，是因為大家更認識經濟學了。你們可能知道，法律教學經過了一場革命性的變革，而經濟分析正是挑起革命的原因。你們知不知道，現在每一所大型的法學院，教師成員裏面都會有一位經濟學家？這對於經濟學家的需求有著令人驚嘆的影響，現在我們經濟系上最優秀的研究生當中，有些正在認真考慮法學院的就業機會。那些唸法學院的大學生，不管是在哈佛或其他地方，如果不懂個體經濟分析可就慘了。曾經有一段時間律師只要學習雄辯滔滔，現在最好還要會看成本曲線。」史匹曼一口氣說完，毫不隱藏自己對這些現象感到的喜悅。

「你當然很清楚所有關於成本曲線的知識，亨利，我是說在你作證的那個時候。可是你也說，你的證詞沒有發揮效果。你是不是在反詰問的時候落入了對方所設的圈套？檢察官叫我要特別注意這個部分。」克萊格回應史匹曼的話。

「與其說是落入圈套，不如說我的證詞根本沒人聽得懂。當時我應檢察官的要求，在一宗個人傷害案中出庭作證，案情是有個媽媽被酒醉駕車的司機撞倒，結果因為受傷，有幾乎一年的時間都沒辦法執行家庭主婦的工作，她丈夫不得不請人幫忙做家事，花費超過五千美元——在當時是一筆很大的開銷。那個司機的保險公司同意支付五千美元，主張這筆錢相當於這個家庭主婦一年工作的貨幣價值，我則是應邀擔任專家證人，評估這個金額是否合理。」

「這樣啊，這個金額難道還不夠合理嗎？」韋伯低頭凝視著老友，提出他的問題。「我的意思是說，如果這個人付出了這麼多錢……」

「合不合理我不敢說，但這個數字絕對不符合這一位女性在家擔任家庭主婦的工作價值。有件事我剛沒有說清楚，但是在法庭上我絕對有清楚強調這一點，那就是這位女性是個註冊會計師，雖然在發生意外當時，她並沒有從事會計師的工作。我估計像她這樣學經歷背景的註冊會計師一年可以賺到一萬美元，這個數字，而不是剛才提到的五千美元，才是這位女性在這個家庭擔任家庭主婦的工作價值。這只是最基礎的經濟學，不過恐怕我這些話在法庭上都好比馬耳東風。」

史匹曼看著兩個朋友，從他們臉上看不出什麼表情，他又繼續往下說：「法庭看待這件事的方式，和會計人員計算成本一樣，只問：這個丈夫必須付出多少錢？經濟學家計算成本的方式——請注意，就算是剛入門的學生也是這樣——看的是放棄的最高機會價值；任何事物的成本，都相當於你所放棄的選擇中價值最高的那一個，以這位女性的例子來說，就是一萬美元。在她選擇擔任家庭主婦的時候，她和家人都同意放棄一萬美元的進帳——這是她擔任會計師所能獲得的薪資，也相當於她在這個家庭中的價值，所以是她無法提供服務的時候所應該獲得的賠償。可是法官表示他無法理解我的證詞，儘管我很努力，還是無法說服庭上，最後這一家只拿到了五千美元。」史匹曼停頓了一下，「之後我再也沒有出庭擔任專家證人——儘管老天知道我有多少經濟系的同事在多少不同的案件中出庭作證。說老實話，我聽說有些比較守舊的律師，他們不求增加適應環境的新工具，反而對經濟學家侵犯到他們的地盤頗有微詞。」

「我可不會為他們流下同情的眼淚，」喀爾文・韋伯接話。「應該可以這麼說吧，在我這一輩人裏，沒有幾個喜歡律師的。提到這個行業，我認為還是以約翰生（Samuel Johnson）博士所說的最為經典。」

「他說了什麼？請不吝賜教。」克萊格笑著說。

「有一次約翰生和一群不是很熟的朋友在一起，有個人先離開了，留下來的其中一個人問約翰生，他知不知道剛剛走掉的那個人是誰，約翰生的回答是：『我不願意在背後道人長短，不過我相信剛才那位先生是個律師。』」史匹曼和克萊格都被約翰生的妙答給逗笑了，尤其是克萊格，正需要紓解一下準備作證的緊張情緒。

「好吧，沒有時間再聽經濟學講課了，」克萊格注意到法警開始放行，讓人進入法庭。

「還有什麼其他忠告嗎？」

「余之證詞將為事實，全部之事實，事實之外無有他言。不說謊，不隱瞞，不造假。」韋伯連珠炮似地背出證人的誓詞。

巴克斯特法官就位之後，法庭正式宣布開庭，開始審理案件。史匹曼不帶感情地看著檢方和辯方律師的開庭陳述。桃樂絲・諾蘭在陳述中強調檢方負有舉證的重責大任，必須排除任何合理的懷疑，證明梅麗莎・雪儂有罪。整個過程中她始終保持不高不低的語調，小心翼翼地控制抑揚頓挫，展現堅定的立場，並且是與陪審團溝通，而不是對他們發表演說。諾蘭所採取的策略是，開門見山地解釋大部分州政府起訴的案子都只有情況證據，但同時強力主張，往往可以根據情況證據推導出結論，並提醒陪審團注意不要受到誤導。

接著詹姆士・雷利向陪審團宣告，他的開庭陳述會很簡短。他表示檢方已經代替他說了要說的話：必須在排除任何合理的懷疑後，才能判定梅麗莎・雪儂有罪；而到了本案結案的時候，陪審團甚至會懷疑，這個案子的證據如此薄弱，州政府怎麼會決定根據這些證據起訴他的當事人——一位因為失去未婚夫已經傷心不已的女性。雷利的策略是坦白承認他辯護中最弱的一環：在貝爾死亡的時間內，沒有人和他的當事人在一起，或可以證明看到她。雪儂自己一個人住，雷利說明，她將會提出證詞，說明那天早上她睡到很晚，因為沒有排打工，而且前兩個晚上都沒有睡好。

然後桃樂絲・諾蘭開始進行主詰問。她站在放置文件和呈堂證物的桌旁，卡其色的羊毛套裝和棕髮搭配得天衣無縫，襯托出她的品味。這位助理檢察官傳喚了第一批證人：先是郡驗屍官，然後是逮捕梅麗莎・雪儂的警官。韋伯看著諾蘭，想到墨利森・貝爾生前如此重視修飾打扮，現在由一位同樣挑剔的檢察官負責他的案子應該很合適。

在大部分旁觀者的眼中，這個部分看起來就像戲劇或電視上演出的畫面，只是直接聽到驗屍官的證詞，使得影像更加鮮明。他毫不避諱地描繪貝爾頭上受到的重擊，這一擊可能使他昏了過去，還有胸口致命的傷口，他的說明在觀眾之間引發了明顯的情緒反應，有人為貝爾感到哀傷，也有人開始變得神經質，整個房間似乎只有律師們完全無動於衷。

「根據你的證詞，你能夠指認出殺死貝爾教授的那一把刀子嗎？」雷利在反詰問的時候向驗屍官提問。

「不能，我在直接證詞中已經說過，我們沒有發現那把刀子。」

「所以死者身上沒有刀子？」

「沒錯。」

「而據你所知，謀殺的凶器，如果是一把刀子的話，目前仍然下落不明？」

「不……我是說對——對，沒錯，凶器沒有被找到。」

「你可以指證出，在你的證詞中奪走死者生命的凶器，是哪一種類型的刀子嗎？」

「不行，沒辦法說是哪個牌子，如果這是你要問的問題的話。可能是廚房常見的那種刀子，可能是長度中等的切肉刀，不然就是比較長一點的水果刀。」

「你有沒有檢查過梅麗莎・雪儂廚房裏的刀子？」

「我沒有親自檢查，但是那些刀子送到了實驗室，在我的監督下檢查過。」

「那麼你的檢查結果是什麼？」

「沒有證據顯示這些刀子是凶器。但是在被告所擁有的刀子中，有些刀子可以造成我剛剛所描述的傷口。」

「我沒有問到這個問題，先生，」雷利反擊，「但是既然你主動提起，就讓我多問一個問題。你家的廚房裏有沒有任何刀子同樣可以造成類似的傷口？」

「有，」驗屍官猶豫了一下，「也許你的廚房裏也有，雷利先生。」

「但是你沒有發現，也無法指認你斷言殺死貝爾教授的刀子？」

「沒有，沒辦法。」

雷利轉身面向法官席，態度簡慢地說：「庭上，我沒有其他問題要問這位證人了。」

逮捕梅麗莎・雪儂的警官被檢方問到，是否有向被告宣讀她的權利，回答是絕對的肯定。

「那麼當你逮捕雪儂小姐的時候，警官，並且宣讀完她的權利之後，可以請你告訴我們她所說的每一句話嗎？」

「抗議！這是傳聞，」雷利發話，起身強調他的立場。

「抗議無效，」巴克斯特法官回應，「有關被告的精神和生理狀態，不受傳聞法則之限制。你可以坐下了，雷利先生。」

警官接著回答：「她說她希望其他兩個也會很快死掉。」

「『她希望其他兩個也會很快死掉。』她還說了其他任何話嗎？」

「她沒說很多，只是重複好幾次，說她很高興那兩個教授死了，然後她希望另外兩個也一樣。」

「她有沒有明確地說出『另外兩個』是指誰？」

「沒有提到名字，對，沒有。」

「但是她說話的意志非常堅定。你確定很清楚記得她的話嗎？」

「喔，對，這一點毫無疑問，她就是這麼說的。」

「你可以描述一下她的行為舉止，還有當時她的情緒狀態嗎？」

「是的，她非常地心煩意亂。」

「她有喝酒嗎？」

「依我看來是有。」

雷利起身進行反詰問。此時所有觀眾，除了那些對服裝打扮完全不注意的人，全都注意到辯方律師和他的檢方對手在穿著上有顯著的差異。雷利腳上穿著厚重的橡膠套鞋，雖然今天一點也沒有要下雨的跡象；外套裏面是一條看似羊毛製的圍巾，即使身處悶熱的法庭也不脫掉。他在模仿麻州上個世紀的偉大律師，魯佛斯・喬特（Rufus Choate）。喬特對自己的服裝漫不經心，但不至於到邋遢的地步；雷利追隨這位前人，刻意營造出相同的效果，他不希望陪審員把他看成一個鄉巴佬而加以忽視，但又希望他們感到他是如此投入這個案子，努力為他的當事人辯護，以致於穿什麼衣服都顯得無關緊要。他的打扮彷彿是種聲明：「別注意我，我不算什麼，我的當事人才重要。」

警官的證詞在雷利的盤問下削弱了效果，他承認在他擔任警官的經驗中，曾經不只一次發現心煩意亂的嫌犯其實並沒有做他們所說的事，所說的話也並不可信。

警官離開證人席的時候，史匹曼和韋伯雙雙發現他們的目光不約而同地穿過房間，望著半圓形另一端的瓦蕾蕊・唐席格和丹頓・克萊格。他們兩個人一定常常在思索，導致貝爾和巴瑞死亡但卻讓他們倖免於難的種種情境。

丹頓・克萊格是下一個站上證人席的證人，負責解釋哈佛教授升等的審核過程，以及背後所抱持的種種理念：為什麼在一所知名大學裏拿到終身職，對於教授是一件如此重要的事情，升等與否的決定，又是如何左右那些直接受影響的人的人生。

克萊格始終保持泰然自若的態度，讓在場的哈佛教職員感到欣慰；他不僅看起來放鬆，甚至還把握機會，在敘述過程中穿插解釋，為教評會的審核過程辯護。雷利則是以關聯性為由，不斷地對克萊格的證詞提出抗議，他反覆吟誦：「庭上，這可以證明什麼和我當事人有關的事?本案的重點不是另一個年輕人的自殺，我認為我們今天聚集在此，是為了考量我的當事人被控謀殺一案！」

反詰問的時候，雷利針對高森投票結果外洩一事緊咬丹頓・克萊格；諾蘭提出的抗議是，這個問題超出主詰問的範圍，但是根據麻州的證據法，她認為巴克斯特法官會允許與直接證詞無關的反詰問。法官同意了。諾蘭知道這一點對之後她的盤問很有利。雷利再接再厲：「教評會的審議結果在正常情況下是不是應該保密？」「以前是不是一直都能保密，直到今年才破例？」「投票結果保密對你而言是不是很重要？」「那麼投票結果洩密，你必須擔負什麼樣的責任？」「依你之見，這是很嚴重的違例嗎？」「哈佛的學生有沒有可能已經知道，投票反對高森的有哪些人？」「鎮上的居民有沒有可能知道？」「在看到新聞的人當中，有任何人可能不知道這些人是誰嗎？」「那麼梅麗莎・雪儂承認知道這個消息，有任何不尋常之處嗎？」

克萊格有驚無險地度過了反詰問的攻擊，而且在回答的時候還顯現出他之所以能夠受到哈佛教授愛戴的特質，他很坦率地回應雷利的問題：「是這樣的，這個不該洩露的祕密來自我所主持的一個委員會，我不相信是委員會的成員破壞了我們之間的信任，只怕消息曝光是因為我辦公室裏有人，在高森先生自殺消息的刺激下，洩露了投票的結果。有好幾個人有機會接觸這個資訊。但是雷利先生，儘管有這種可能，這件事的責任追究還是到我為止，如果你要找出洩露祕密的那個人，貝爾、巴瑞、唐席格，還有我自己投下反對票的事情為什麼會外洩，如果你要找人負責，就儘管來找我吧！」

「克萊格院長，還有一件事情我想要請問你，」雷利參考面前桌上的筆記，許久之後終於發問：「我不是哈佛畢業的，不過我知道巴克斯特法官是。我必須請各位耐心忍受我的無知。可以請你告訴我，先生，哈佛教授之間的關係是不是一直都很和睦？」

克萊格似乎被這個問題給嚇了一跳，想了一想才回答：「我不會用和睦這個形容詞。有時候教授必須團隊合作——譬如教評會就是個例子，我想。但是教學和研究的本質就是往往必須獨力完成，不需要與他人協調。」

「你可能沒有抓到我問題的重點。請讓我重述一次，在哈佛這些博學多聞的同事之間，是否有任何緊張、懷疑、嫉妒的存在？」

「因為意見不合而引發熱烈的討論當然是有，每一個重要的學術中心都有這種情況。」

「我問的不是熱烈的爭論，克萊格院長，我問的是嫉妒——我想我應該不用寫出來給你看，這是一種仇視、激烈的厭惡情緒。像墨利森•貝爾，或佛斯特•巴瑞這樣的教授，有沒有可能在工作中樹立敵人？會不會有同事對他們產生激烈的厭惡情緒？」

「喔，有可能吧，我想。我不會說是『敵人』。人與人之間難免有衝突，教授也是有感情的普通人，這一點我相信你很明白，雷利先生。是的，我們會有爭執，但是絕不至於因為爭執而殺害其他人，如果這是你想暗示的話。」

「克萊格院長，也許你並不常走出象牙塔之外，這我就不清楚了。但是在我們所居住的這個鎮上，街上就有人因為爭奪一個停車位所引起的爭執而被殺！貝爾教授身為哈佛的一員，可能遇到的爭議與衝突會比停車位問題更微不足道嗎？」

「這個，你還真是在無意間擊中一大痛處了，雷利先生。在大部分的大學裏面，停車位是如此奇貨可居，以致於教職員很可能真的會為了一個停車位而殺人。」克萊格微微轉過頭對法官微笑：「我當然是開玩笑的，庭上。我要說的重點是，在學術社群中，解決爭論的基本原則是討論與溝通，而不是暴力手段。」

克萊格作證結束後，巴克斯特法官宣布暫時休庭，韋伯和史匹曼來到走廊上，和瓦蕾蕊・唐席格及奧立佛・吳兩人聊了起來。史匹曼在法庭上沒有注意到吳，而且根據他在一月間的觀察，貝爾和吳的關係並不好，所以史匹曼很驚訝看到吳出現在法院。

「你們接受檢察官的說法，相信是她做的嗎？」吳問其他三人。

「我只知道，自從他們抓了那個女的之後，我到現在還活得好好的，」唐席格回答。「殺戮中止了。」

「要說服陪審團，得有更強力的理由才行，」吳回應道，「我相信，謀殺停止了這件事無法被採用為證據，也就是說不會影響陪審團的決定。而且不要忘記了，這可不是哈佛支持者的陪審團；如果你在劍橋地區所有人口中隨便挑十二個出來，裏面很可能會有人希望哈佛教授謀殺案繼續。」

「嗯，我會猜她可以全身而退，」韋伯的斷言出乎所有人的意料之外。

「你怎麼會這麼快就得到這樣的結論，喀爾文？」史匹曼好奇地詢問，因為他知道此刻他自己是無法做出任何結論的。

「梅麗莎‧雪儂有兩項優勢——有這兩項優勢也就夠了。第一是她的性別，在美國我們不允許殺人犯是女人，請看我們的文學作品、電影、戲劇，兇手是女人的情況少之又少，簡直可以說是異常。」

「你所推論的第二個理由是？」吳發問。

「她有一個很優秀的辯護律師。在盎格魯撒克遜的法律體系中，有個好律師對證明嫌犯的清白大有助益。你們記得吉爾伯特與蘇利文創作的輕歌劇《陪審團開庭》嗎？裏面有首歌是這樣的：

偷兒莫慌

入我門來把錢付
保你平安回故鄉

賊子莫驚
看我鼓起舌如簧
闔家團圓慶安康

梅麗莎・雪儂會回家團圓慶安康的，你們等著瞧吧。」

「嗯……」史匹曼含糊地說，「別忘了，喀爾文，這首歌裏面講的是小偷和強盜，謀殺的情況可能不一樣。」

史匹曼原本計畫聽完克萊格的證詞就回家，但是他一聽說檢方下午將傳喚克利斯托佛・布克哈特出庭擔任證人，便改變主意，決定加入幾個教授的行列，在市區的飯館一起吃午餐。在克萊格作證結束之後，到中午休息的這段時間之內，桃樂絲・諾蘭又傳喚了三名證人，全都是梅麗莎・雪儂的密友，應召前來證明雪儂和丹尼斯・高森之間的關係，三人依次敘述了這對情侶的結婚計畫，諾蘭又對他們施加壓力，以詢問的方式揭露他們所知道的，高森的升等對梅麗莎・雪儂具有何等重要性。其中一位證人指出，如果高森獲得升等，以及升等之後更高的薪資，他們兩人已經準備好要去歐洲旅遊。另一位證人則提到，升等之後他們買房子的計畫就可以順利進行。三個人的證詞都清楚顯示，雪儂和未婚夫都把很大的希望寄託在高森的升等上，同時他們一致證實梅麗莎・雪儂因為高森之死感到極度苦惱。

雷利對這三位證人的反詰問很簡短，事實上，他讓他們承認，因為未來伴侶的死亡而感到苦惱憂傷，並不是什麼反常或特異的現象。「你們在同樣的情況下不會有這種感覺嗎？」他問道。三個人都主動回答，一個人對配偶的工作成就寄予厚望，並不是什麼不尋常的事。

所有律師在準備盤問證人的時候，都有一個強烈的願望：千萬不要有意外。到目前為止沒有什麼重大的意外，兩方律師都對審判進行的狀況感到很滿意。星期三的中午休庭時間結束之後，檢方在兩點整立刻傳喚了他們這邊最後一位證人。

「請克利斯托佛・布克哈特上證人席。」

就史匹曼看來，這位郵票商人似乎老了好幾歲，臉色更加灰白，史匹曼從沒見過他這個樣子，連宣誓時的聲音都微微顫抖。下午開庭之後坐在史匹曼和韋伯中間的瓦蕾蕊・唐席格分別對兩人發表評論，指出布克哈特看起來非常不穩定——和出庭作證的驗屍官、警官、克萊格院長、雪儂小姐的友人比起來，顯得極度不安。

「布克哈特先生，」證人宣誓和表明身分之後，檢察官開始詰問，「我要問你幾個有關梅麗莎・雪儂小姐的問題，她是本案的被告。你認識這個人嗎？」

「是的。」

「你可以當庭指認出她來嗎？」

「是的，那邊那個就是她。」證人用食指指著被告回答。

「你是怎麼認識她的？」

「她是我的員工。」

「只有這樣而已嗎？」諾蘭追問。

「我們也是好朋友。」

「請問你們之間是什麼樣的友誼？我要問的是，你們是屬於戀愛——還是柏拉圖式的純友誼——還是其他什麼關係？」

布克哈特猶豫了一下，沒有馬上回答。桃樂絲・諾蘭不動聲色地站在那兒，等著他回答問題。證人的眼睛眨了又眨，雙唇微啟，徒勞無功地想要掩藏他所感受到的強烈情緒衝擊，灰白的臉色轉紅，手指緊張地玩弄著證人椅的扶手。巴克斯特法官往下疑惑地看著他。「我們是朋友，好朋友，就這樣。」他終於回答。

雷利開始在面前的黃色便條簿上胡亂塗鴉，試圖隱藏他對證人的表現和答案所感到的驚訝，布克哈特所展現出的情感使他大為震驚。

「身為朋友，你是否有機會注意到她的服裝穿著？」

「有時候會，是的。」

「庭上，我要採用檢方的證物A，之前維克斯警官在證人席上曾經指認過這個證物。」

「同意採用。」巴克斯特法官向放在桌上的證物點頭示意。

「布克哈特先生，我現在要給你看的是一件穿戴用的物品，是在墨利森・貝爾遇害的那天，在他家外面的樹籬中找到的。你能認出這樣物品嗎？」

「看起來像是一隻女用手套。」

「可不可以請你告訴我，你以前是否曾經見過這隻手套？」

布克哈特再次停住，拖延回答的時間超過一分鐘以上，對旁觀者而言感覺卻像一個小時。他以一種渴望的表情看著被告：「我看過梅麗莎・雪儂戴這隻手套。這是她的手套。」

瓦蕾蕊・唐席格轉頭對喀爾文・韋伯說：「你的預言恐怕無法實現了。人生不會永遠照著劇本走。」

韋伯則是和其他人一樣，被這個意外的事實給嚇得目瞪口呆。

「好的，布克哈特先生，你已經表示你和雪儂小姐是朋友，還有她不僅僅是你的員工。你曾經在社交場合見過她嗎？」

「是的。」

「不止一次？」

「是的。」

「不止兩次？」

「是的，不止兩次。」

「我可以說是『常常』嗎？」諾蘭問。

「經常，」布克哈特回答。

「在這些場合中，你是否有機會得知，你的這位朋友兼員工已經訂婚，準備結婚？」

「抗議，」雷利的聲音響起。

「抗議成立，」法官裁決。

「布克哈特先生，在你和雪儂小姐工作以外的往來中，可不可以請你告訴我，你最後一次陪伴雪儂小姐出門，或者是你最後一次在社交場合見到她，是在什麼時候？」

「我想想看。應該是一月七號。她陪我去參加一個為克萊格博士舉行的派對。」

「這個派對在哪裏舉行?克萊格家嗎?」

「不,是在史匹曼博士家。」亨利・史匹曼在法庭上聽到自己的名字時,不禁背脊一僵。「我被邀請發表一篇演講,介紹一張很特別的郵票,那是那天晚上要送給克萊格博士的禮物。雪儂小姐會跟我一起去是很自然的,因為這件事和集郵有關係。」

「那個時候你知道梅麗莎・雪儂訂婚……不,請刪掉這句,請問丹尼斯・高森,也就是雪儂小姐的未婚夫,那天晚上有出席嗎?」

「當然沒有,」布克哈特說,「為什麼他會出席?」

「現在是我在發問,布克哈特先生,」諾蘭溫和地責備他,「我想你的答案可以簡化為『沒有』兩個字。可以請你告訴我有誰出席了嗎?」

「不行,我不認識那天所有的人。」

「那麼讓我來幫助你回憶,」諾蘭說,「我想丹頓・克萊格院長有出席。」

「是的,我剛剛已經說過了,」布克哈特不耐煩地回答。

「墨利森・貝爾教授那天晚上有出席嗎?」

「有。」

「那天晚上雪儂小姐有沒有見到貝爾教授？」

「有，見到了。」

「你非常肯定這是事實嗎？」

「是的，我當時和她在一起。我自己也是第一次見到貝爾，她和他說的話比我還要多。就我記憶所及，他們在談鳥，貝爾先生談到他真的有在自己家裏照顧鳥。我記得是在他家後院。我沒有很注意在聽他們說話，我只是禮貌性地站在旁邊。坦白說，如果不是郵票上或餐盤上印的鳥，我實在不怎麼感興趣。」

「雪儂小姐那天晚上是不是也見到了佛斯特•巴瑞教授？」

雷利迅速起立抗議：「抗議，庭上，這個問題與本案無關。」法官駁回了辯方律師的抗議，指示證人回答問題。

「是的，他們互相認識之後還談了好一陣子。」

「你有參與他們的對話嗎？」

「有，我們談到了我們的俱樂部。巴瑞和我參加了波士頓的同一個俱樂部，雖然我和這個人不是很熟。喔，對了，我們還說到，今年春天我們兩個安排了搭同一艘船前往英國的旅遊行程。或者說，我們本來要搭的同一艘船。我們講到航海的事，就是閒談而已，這一類的東西。」

「梅麗莎．雪儂在你們談到俱樂部的時候也在場。你們有談到俱樂部供應餐點的時間表嗎？」

「有，因為我們都是單身，所以談到俱樂部週日晚上不開門，這實在是一大缺陷，依我的觀點來說的話。我不喜歡週末還要自己做飯，但是巴瑞教授卻說，他還蠻享受週日晚上自己做飯吃的。」

「這段談話進行的時候，還有其他任何人在場嗎？還是只有你們兩個人？」

「還有另外一個人和我們在一起，名字叫做吳。我以前不認識他，他不是個集郵家。我們和貝爾說話的時候他不在。」

「還有其他人嗎？」

「我不記得有其他人了。」

「布克哈特先生，這應該是我最後一個問題了。一月七日那個晚上之後，你曾經見過，或是和梅麗莎．雪儂在一起嗎？」

「那個禮拜我有見到她——而且很是多次——在店裏。但是星期五一聽到自殺的消息，她馬上就離開了。她非常沮喪，這是可以想像的。說是震驚更貼切。她不想見任何人，家人或朋友都不見。週末的時候我確實有試著打電話給她，但是一直沒有接通。回答你的問題，我從十一號早上起就沒有見過她，直到今天。」

「庭上，我沒有其他問題了。」接著諾蘭宣布，檢方主詰問至此結束。

在巴克斯特法官考慮雷利訴訟駁回的聲請時，陪審團先行告退。他在法官席上詳列了目前的證據，判定州政府起訴梅麗莎・雪儂一案成立，請雷利先生準備在第二天重新開庭時進行辯護。下午四點三十分，米德塞克斯郡高等法院宣布休庭。

隔天亨利・史匹曼並沒有去法院觀看後續的審訊，但是當地媒體對法院審理過程大作文章，佩吉轉述新聞報導的內容時，這位經濟學家豎起了耳朵仔細聆聽。

「今天早上的報紙說，雪儂小姐上了證人席，宣稱貝爾遇害的那天早上她待在家裏，感覺非常消沉。但是你看這邊，亨利，她承認那天早上她沒有見過任何人，也不記得有人打過電話來，她也無法舉出電視上播出的任何節目。」

「那隻手套她是怎麼說的？」亨利問。

「她說那隻手套是她的，但是之前就不見了。她宣稱她完全不知道那隻手套為什麼會跑到貝爾家。她還否認她對警察說的話是有意的，但是至少她承認有說過那些話。」佩吉端起茶杯，開始瀏覽報紙的其他部分。

「嗯，那結果是什麼？」做丈夫的問道。

「要過一段時間才會知道。這邊說，雙方律師向陪審團做了結辯，現在陪審團正在退席討論。如果我是陪審團，我想討論不會花太久時間。」

星期一，討論進行不到兩個小時，陪審團便重返法庭，巴克斯特法官正等著詢問他們是否達成決議。在這一刻，庭上每一隻眼睛都緊盯著首席陪審員，他是一個步入中年的麵包師傅。

「是的，我們達成決議了，庭上。」

陪審團裁定梅麗莎・雪儂二級謀殺罪名成立，由州政府自動強制執行處罰。當哈佛學術圈裏得知梅麗莎・雪儂因謀殺墨利森・貝爾被判無期徒刑，將面臨終身監禁的消息時，頗有鬆了一口氣的感覺，尤其是瓦蕾蕊・唐席格和丹頓・克萊格的朋友，他們特別高興，因為他們相信自己的朋友從此不會再身處險境。

第十五章

六月九日，星期日
六月十日，星期一

「好，就這樣！笑一個！」鎂光燈一閃。「好了，請繼續往前走喔。」攝影師抓到了史匹曼夫婦沒有防備的一瞬間，亨利抬頭往上看，希望有人對他說他走錯了地方，佩吉則是正在調整隨身包包的肩帶。

「明天早上請到寫真廊，就可以看到你們的伊麗莎白女王二號登船紀念照囉。」史匹曼夫婦才剛爬完跳板，好不容易上了船。

「你覺得那張會把我們拍得好看嗎？」亨利問。

「那可不是什麼大攝影師的作品，」佩吉回答，「沒有人會把我們誤認為溫莎公爵與夫人的。」

和電影鏡頭截然不同，登船不僅僅是單純的登船而已。第一，你必須忍受行李的磨難。腳佚連聲招呼也不打，就把你的行李箱和衣箱給拿走，開始往大型推車上亂疊，一副隨時要垮下來的樣子，然後沒有解釋也沒有收據，行李就消失了，留給乘客的只有無限惆悵，感覺好像再也沒辦法見到自己的行李，還有裏面精心挑選打包的物品了。

第二，冗長的排隊隊伍正在向你招手。像伊麗莎白女王二號這種大型郵輪，每次橫越大西洋都搭載數百名乘客，排隊是免不了的，旅客必須一一通過查票、安全檢查、海關護照查驗，每一關都大排長龍。

第三，亂上加亂。美國公民應該走這邊，英國人走那邊，其他國家要排在另外一條。在哈德遜河八十四號碼頭巨大無邊的騷動中，如何找到自己的位置，即使對身經百戰的旅行者而言，也是一種耐心與毅力的考驗。

「這個電梯會載你們到第四層甲板，」一個身穿白色外衣的服務人員回應佩吉的問題。

「往前走就是了，女士。」

「到了，」亨利・史匹曼鬆了口氣，檢查門上的號碼和他所記下來的號碼是否符合。兩人進入包廂，亨利輕拍太太的肩膀，微笑指著某個角落，那裏堆放著他們的行李。他們很快地看過了房間，決定等一下再開行李，船馬上就要起錨，在伊麗莎白女王二號離開紐約港，駛向大海的重要時刻，史匹曼夫婦可不想錯過在甲板上觀禮的機會。

哈德遜河東西兩岸的差異，就像《化身博士》中一善一惡兩種性格的對比。在這艘遠洋巨輪沿著航線駛向韋拉札諾海峽時，左舷的乘客可以看到曼哈頓閃閃發光的摩天大樓，最南端有不動如山的世貿雙塔穩穩坐鎮，即使在氣候宜人的週日午後，整座城市還是散發出一種金融流動的氛圍。右舷乘客看到的是支撐國家經濟的工業區，工廠、精煉廠、煙囪、倉庫——其中許多因為年久失修而顯得破爛——沿著紐澤西州的河岸排列。在工業區中獨挑大樑的，是霍勃肯的麥斯威爾咖啡工廠，巨幅看板上的招牌咖啡杯正傾斜倒出最後一滴咖啡，好像在邀請金剛在前往曼哈頓的途中休息一下，先喝杯咖啡再去爬摩天大樓。

紐約市對乘客的吸引力比較大，左舷甲板欄杆前擠了上百人，忙著拍照留念、欣賞風景，享受出海遠颺的氣氛。史匹曼夫婦早早在上層甲板佔了個位子，可以俯瞰船頭，兩岸風光盡收眼底，而兩岸之間的對比，讓亨利‧史匹曼想到凡勃倫所分析的工業界與金融界之間的矛盾。在凡勃倫的觀念中，工業為人類帶來幸福安康，因為工業負責生產商品；相對的，金融界則是負責賺錢，搶走了絕大部分的好處，依凡勃倫之見，金融界不僅毫無生產力，還會阻礙經濟發展。這種二分法史匹曼並不贊成，因為他相信，不論是工業還是金融業的生產要素，都是具有邊際生產力的。然而，紐澤西和紐約之間的雲泥之別，還是為凡勃倫的說法披上一層看似可信的外衣。

「啊，史匹曼教授、夫人！我知道你們會搭這艘船，但是沒想到一開船就能夠見到你們，真是個令人愉快的巧合。事實上這是整段航程中我最喜歡的一部分，不管我為了生意跑歐洲多少次，從來不會錯過看著紐約市的建築物輪廓在晴空下消逝在眼前那種令人興奮的感覺。這是你們第一次的橫渡大西洋之旅嗎？」克利斯托佛・布克哈特出現在史匹曼夫婦身旁，身穿黑色有束腰的雨衣，頭戴一頂瀟灑的草帽。

「事實上，我們從來沒有搭船去過歐洲，以前去的時候，都是搭飛機。」佩吉・史匹曼回答。

「那麼有很多可以好好享受的事正在等著你們。我從來不搭飛機，遠洋郵輪是通往各大洲最文明的方式。」

「我很驚訝你竟然有足夠的時間搭船旅行，」亨利・史匹曼發表他的評論。

「以我的情況來說，其實沒有什麼問題。郵票拍賣總是很早之前就宣布，所以我可以利用在船上的時間擬定出價策略。」

「我是不是可以大膽猜測，你在書裏面洩露了你所有的祕密？我把書帶上船來看，事實上，我已經開始看了一點。」

布克哈特看來有點緊張：「喔，史匹曼教授，你願意讀我的書，真是讓我受寵若驚，但是我怕你會覺得有點沉悶，那只不過是一個老人和郵票的回憶罷了。我記錄了知名郵票在不同時期的價格，你可能會覺得這個部分極其平淡乏味，至於那些比較精彩的故事，我相信你已經聽我說過了——像是有一次我在拍賣會上險勝威爾兄弟，買到了夏威夷傳教士郵票，或是有次受騙買到了假的倒印雙翼飛機郵票，還有幾次痛失真正珍稀郵票的扼腕經驗。」

「我聽起來一點也不覺得悶，好的故事值得一說再說，而且，聽和讀之間有很大的差異，讀的時候我才有時間慢慢品味其中的韻味。至於價格，你瞧，價格對我而言絕對不會是無聊的事，價格可以反映潛在的經濟現實。相信我，看你的書絕對不會浪費我的時間。」

「但是根據我從你們院長那邊聽到的，這趟旅程你不光是來玩的，不是嗎？難道你不需要，那句話是怎麼說的，為你的晚餐而唱嗎？我聽說有幾十個哈佛校友也上了船，想要重溫舊日的學生時光，你是預定要給他們上課的教授之一，不是嗎？」

「喔，你是說『海上哈佛』的課程計畫，我想丹頓已經跟你說過了吧？是這樣的，在旅程中有一部分時間我安排了要上幾堂課，但是這些課不需要花太多時間準備，我想那些參加這個課程的哈佛畢業生也不會想上太吃力的課，我並不期待他們焚膏繼晷——至少不會日以繼夜地努力看指定參考書。」

一條手臂環上了史匹曼的肩膀，分散了他的注意力；原來是喜歡和人打交道的喀爾文・韋伯。「喀爾文！真高興你能來，」經濟學家抬頭對著朋友表示歡迎之意，「你還記得克利斯托佛‧布克哈特，對吧？今年一月他在我們家發表過一篇風度翩翩的演說——幫克萊格慶生的那一次。」

「喔對，我當然記得，」韋伯回答，堅定地與這位集郵家握手。「你也像我和亨利一樣，是來參加『海上哈佛』的嗎？」

「啊，我真希望我是，但是在學術上我不夠格成為你們教授的一份子，又不夠幸運成為哈佛的學生，我只不過是個必須去工作的生意人。我計畫參加倫敦和巴黎的幾個拍賣會，那邊有幾件珍貴郵票要出售。所以從某方面來說，這趟旅程對我們三個來說都是工作之旅，不是嗎？」

「嗯，我會把這歸類為『難得一見的好工作』（nice work if you can get it.），就像那首老歌唱的一樣，」韋伯輕笑道，「為了換取頭等艙的船票，我必須要上三堂英國文學的課，其他時間你可以在甲板的躺椅上找到我。」

「好了，喀爾文，別這麼謙虛了，如果你和亨利一樣，就會花上很多個小時準備講課。我知道我老公備課的時候，大概有三天不見人影。」佩吉‧史匹曼插話。

「不管怎麼說，這是筆好交易。」韋伯回答。

「如果是這樣的話，」布克哈特說，「我猜你們所有的同事都應該會想要成為這個計畫的講師，你們兩個一定有很特別的表現，才會被校友選上。」

「校友和上課老師的選擇沒什麼關連，」亨利・史匹曼說，「也許間接有。他們把這個任務全權委託給你的朋友，丹頓・克萊格，只有一個要求，就是請他確定涵蓋各個學科。丹頓認為呢，今年一月你在我們家見過的那批教授就很符合這個標準，所以你在船上可能會看到好些熟面孔在船上，例如瓦蕾蕊・唐席格，那位心理學家；還有社會學系的奧立佛・吳、化學系的蘇菲・尤斯提諾夫。丹頓自己也會上一些課，我想。你認識的教授，已經比很多學生要多很多囉。」

「對，我認識他們，但是是在對我而言很痛苦的情況下。我還認識你們那兩個被殺害的同事——我恐怕必須說，雖然到現在我還很難相信這件事，那天晚上是我把殺害他們的兇手介紹給他們認識的。」

「好了，克利斯托佛，」亨利・史匹曼說，「你怎麼會有這種想法呢？沒有任何人認為你和這件事有任何關係。」

「很抱歉打斷你們，但是我覺得我們的船好像快撞上那座橋了。」喀爾文・韋伯伸長手臂，指著橫跨韋拉札諾海峽上方的大橋。從上層甲板他們所在的開闊視野處看來，全世界最大的郵輪似乎正要撞上全世界最長的吊橋。

「不用慌，還差很遠，不會撞到橋的，」布克哈特回應。他的話幾乎立刻就獲得了艦橋傳來的廣播印證，擴音器發出一陣細碎的爆裂聲：「如果您正在注意看著我們的船接近韋拉札諾海峽橋，您將會體驗到視覺上的錯覺。各位乘客可能會感覺本船無法安全從橋下通過，請讓我在此向各位保證，您絕對安全無虞，本船的煙囪可以輕易通過橋下，請各位放心。」

確實如此。

「外面有點冷起來了，和一個小時前差好多。」船頭在橋下另一邊浮現時，海上的陣風掃過船身，佩吉·史匹曼抱緊胸口抵禦寒意。「我想我們兩個的穿著比較適合港口而不是海上，」亨利·史匹曼接續妻子的話頭。「也許趁這個機會我們可以下去稍微到處看看，順便預訂桌位。今天晚上可能還有機會再見到你們大家。」

走進船艙，史匹曼夫婦便陷入了錯綜複雜的走道，圍繞著提供橫越大西洋旅客餐點的用餐空間「世界之桌」繞了一圈，然後在船中央發現了「玩家俱樂部休閒室」，就在船上劇院的隔壁，是個長方形的空間，兩旁沿牆排滿了吃角子老虎機，靠近船尾的地方是船上的賭場，賭檯聚集在房間中央，排成橢圓形。離開休閒室之後，史匹曼夫婦經過位於左舷的寫真廊，通過一條連接到「雙人房間夜總會」的長廊，在繞過舞廳的時候又經過一間圖書室。

兩人停下腳步，加入電梯旁邊的一群人，茫然地瞪著牆上標出「現在所在地」的地圖。

「商店在救生甲板，所以還要再上一層。」他們偷聽到某人說的話，便爬上一小段階梯，往上一層走過一條短短的通道，通到一道法式落地雙扇玻璃門，透過玻璃往裏面看，可以看到地上鋪著長毛地毯，還有十張墊子又厚又軟的坐椅和幾張寫字桌。「我要來這邊打發一些時間，這真是個讀書的好地方。」亨利・史匹曼下了評論。

「好吧，至少我知道需要你的時候該上哪兒找你。」佩吉微笑道。

他們轉頭朝船尾的方向前進，一條狹長的走道把他們帶到了購物長廊。

長廊裏大部分的店家沿著伊麗莎白女王二號的船體內側排成兩列，長廊兩端各有兩家店靠在一起，乘客可以在救生甲板上走來走去，觀賞兩側商店的櫥窗，就像在商店聚集的大馬路上逛街一樣，只是無法從這邊的商店直接走到對面的商店，因為隔開兩邊的不是馬路，而是一個大洞，長度略短於購物長廊。傍晚時分，乘客會聚集在這個橢圓形的大洞兩側，靠著欄杆，往下看著下面一層「雙人房間夜總會」的舞池。

「那不是瓦蕾蕊・唐席格嗎？」亨利拉下眼鏡盯著遠方問道。「對，我想是她沒錯。」史匹曼夫婦繞過幾群在原地打轉的乘客，走向那位傑出的心理學家，她正在仔細觀察一家珠寶店展示的手錶，卻在商店的櫥窗裏看見了史匹曼夫婦的倒影。「嗨，你們，有什麼新鮮事嗎？」她轉身向他們打招呼。

「新鮮事？」史匹曼回答，「呃，我們剛剛看到了紐約和紐澤西州，同一天看到兩個州夠不夠新鮮？」佩吉尷尬地轉移話題：「妳已經逛完這些店了嗎？有什麼有趣的東西嗎？」

「嗯，我想要找波士頓買不到的東西，在紐約又沒有時間逛。我在收集小型的玻璃雕像，希望能找到可以收藏的東西，我允許自己每年增加一個小雕像。剛才我只是在看看店裏有什麼好東西，正打算就此結束。我聽說登記桌位手腳要快才行，你們兩個已經登記好了嗎？」

「還沒，我們剛剛在船上探險，但是謝謝你的提醒，」亨利說，「我想我們現在該去處理這件小事了。」

「各位先生、女士早安，這是值班駕駛員的廣播，今天的海面平靜，有一點浪，天氣多雲到晴朗。」亨利・史匹曼醒了過來，但仍然繼續躺在舖位上，拉長了耳朵，想聽清楚房門外擴音器的氣象預報。他起床開始著裝：「今天是個適合航行的好日子。」他對著醒過來的妻子說。

亨利・史匹曼在包間門口彎下腰，拾起兩份清晨一早就塞在房門底下的小刊物，其中一份是船上的日報《伊麗莎白女王二號快訊》，上面有世界要聞摘錄，還有船上的奇人軼事；另一份是〈船上歡樂生活〉，裏面有每日船上活動的時間和地點，電影、橋牌、運動、鋼琴演奏會、手工藝品製作教學、賓果遊戲、飛靶射擊、高爾夫教室、花藝教室——光是休息和欣賞海景無法滿足的乘客還有這麼多的選擇。亨利・史匹曼在校友會的講課會佔據一整個早上，但是他和佩吉已經安排好其他時間的活動。他們決定參加羅倫斯・柯比特船長在女王套房為頭等艙旅客舉行的雞尾酒會，期待排在第二天晚餐前的這個活動會是個好的選擇。

亨利・史匹曼正在運動甲板享受下午的陽光，他身上圍著一條船上提供的藍色羊毛毯，舒適地窩在一張躺椅上。他在「海上哈佛」今日應盡的義務已了，在開始準備參加晚餐的活動之前，現在是他享受一下好天氣的最後機會。他感覺今天的講課進行得很順利，不過不是非常有把握，比起在學校當學生的時候，校友們似乎更敬畏教授了，每個人都有禮貌到了極點，授課結束之後還會鼓掌，一個個上前向教授表示謝意。

「這張椅子有人嗎？」一個蓄著灰色山羊鬍，頭髮梳理地服服貼貼的紳士，向史匹曼旁邊的空躺椅點頭示意。「沒人，我想應該是沒有，」史匹曼回答。「這邊椅子上有多的毯子。要我拿給你嗎？」

「不用了，謝謝，我這樣就很舒服了。我有這條圍巾就夠了。」

亨利・史匹曼的目光集中在這位男士身上一條大大的、卡其色的圍巾。「我想我從來沒有看過像這樣的穿法——對了，我的名字是亨利・史匹曼。」

「那個經濟學家？我讀過好幾篇你的專欄。我的名字是席尼・麥迪遜，我在布藍—麥迪遜，那家百貨公司工作。你剛剛問到我的圍巾，你看是不是很美啊？」他傾身向前，好讓史匹曼觸摸布料。「事實上這是用喜馬拉雅山羊頸部的毛做成的。山羊四處覓食的時候，毛就黏在樹枝上，叫做『沙圖』。身為一位經濟學家，您可能可以體會這是非常罕見的。」

「而且我還可以預測，因為罕見，所以相當昂貴。我希望你會原諒這位經濟學家的唐突，但是我可以請問一下價格嗎？」

「這不是在尋常的服裝店可以找到的東西，沙圖一碼叫價是一千五美元，我的採購人員跟我說，這是全世界最昂貴的布料。但是你知道，談到費用，我倒想請問你——請你以經濟學家的立場回答——這艘船怎麼能夠繼續航行？從我們上船開始我就在想這個問題，我甚至自己做了一些粗略的計算，只有在信封背面隨便算算而已，我必須說。但是我認為我的估計很合理，這艘船要燃料、要供給乘客食物、工作人員的開銷——更不用提還有船的成本——冠達（Cunard）公司怎麼可能繼續營運？」

「那就不要考慮船的成本。」

「對不起，你說什麼？」

「不要考慮船的成本。也就是說，略過『固定成本』，比方說船的折舊、支付給股東的利息、冠達公司主管的薪水，諸如此類的成本。不管這個禮拜伊麗莎白女王二號是否出航至英國，這些成本都必須支付，所以只要在抵達南漢普頓時乘客所付出的總額——包括船票和所有船上的開銷——足夠支付船隻這一趟航行的成本，冠達就會出航。」

「怎麼會這樣？他們還是必須付利息給股東啊。」

「無論如何他們都必須付錢給股東——除非他們違約。這趟航行的收入，比起船的燃料、食物、船員薪資成本只要多一塊錢，就等於冠達賺到了一塊錢，如果伊麗莎白女王二號沒有出航，就賺不到這一塊錢。拿你在達拉斯市區的百貨公司來說，在什麼樣的情況下你會停止營業？不會是因為你付不出利息給債權人。關店歇業有什麼好處？你還是付不出利息給債權人。但是如果銷售額不足以支付店員的薪水，或低於維持存貨所需的成本，你會停止營業，因為這樣就不必支付這些成本了。所以這些稱為『變動成本』。利息是固定成本，因為這個成本不會隨著你歇業而消失不見。最後，當然啦，你不可能永遠這樣下去，終究還是必須支付所有的成本，但是在短時間內，還是可以維持營運。」

接下來的一個小時內，史匹曼和麥迪遜交換了對國家經濟的看法，一直聊到史匹曼必須去進行下一個活動——下午的運動。「非常愉快的討論，教授，希望能夠再見到你。如果你和夫人有機會到達拉斯來，我很樂意帶兩位參觀我的店。」

「晚安，史匹曼先生、夫人，歡迎你們的加入。」柯比特船長的助理先問清楚史匹曼夫婦的名號，然後將兩人引介給伊麗莎白女王二號的大家長。頭等艙的乘客全都身著正式服裝，排成一列長長的隊伍，穿過女王套房左前方的出入口，等著向船長打招呼，在握手的那一瞬間讓攝影師留下紀念照。柯比特船長拍起照來非常上相，白色制服襯著梳理滑順的黑髮，瘦削的體格散發出貴族的氣息，看起來就像是貨真價實的英國船長。史匹曼夫婦和其他乘客沿著隊伍迅速往前移動，柯比特船長則是倒背如流地以罐頭答案應付乘客問了又問的老問題。

史匹曼夫婦新認識了幾位乘客，又意外發現奧立佛・吳正一個人站在放開胃菜的桌子旁，史匹曼和吳交換了早上上課的心得，直到開始介紹船上的主要工作人員，兩人的談話才被打斷。每一個部門，從總醫務官到安全官，全都介紹了一遍，最後結尾由柯比特船長對所有的賓客說：「各位先生、女士，感謝各位的大駕光臨，我謹代表冠達航運公司及全體船員，在此表示熱烈歡迎之意。預祝這次旅程風平浪靜，一路平安，準時抵達，謝謝各位。」

緊接在船長的歡迎酒會之後，史匹曼夫婦跟著其他賓客一起移至哥倫比亞套間，這是頭等艙旅客的三個用餐區其中之一，而且是最大的一間，裝潢典雅，還有大型窗戶供乘客飽覽海上風光。

搭乘遠洋郵輪的旅客，都知道用餐時有三大要點：第一，餐點很重要，不只是因為可以提供養分或因為食物非常精緻——事實上是非常精緻。很多人的船上生活甚至才過了一天或兩天，就開始感覺活動範圍受限，生活千篇一律；各式各樣出人意表的精緻美食，可以打破這種單調感。第二，服務人員很重要。比方如果你是上等白鱘魚魚子醬的愛好者，有服務生幫忙打點的話，每一餐都可以獲得特別豐厚的份量；除此之外，服務生還可以向你報告，今天廚房裏什麼看起來很好吃，什麼看起來應該少用為妙。第三，同桌的「桌友」很重要。每一位乘客在旅途中有固定的桌位，如果遇到討厭、無趣，或甚至完全無法忍受的桌友又無法脫身，幾乎等於整趟旅程就這樣毀了。最安全的辦法就是選一張小一點的桌子，只坐得下你想要的同伴人數。

史匹曼夫婦早就決定兩個人獨自用餐，他們選了一張靠著船尾艙壁的小桌子，可以看到右邊的窗戶。亨利和佩吉認真地讀著餐單，晚餐是十一道菜的套餐，雖然沒幾個乘客有這個肚量一餐吃完全部的菜。「很難決定，」佩吉說，「不過我想我可以點餐了。」她點了「開胃美饌」，跳過「大鍋雜燴」，在「河海鮮味」中選了比目魚，再跳過「飽食米麵」，直接在「主菜」點了橙汁鴨肉，「燒烤佳餚」則是完全不考慮，不過「附餐」的奶油青豆看起來很不錯；

「冷盤」就免了，但是「酥脆生鮮」裏面的生菜沙拉可以來一份，然後她要晚一點再決定「天賜美點」，至於套餐最後附贈的大盤的英國及歐陸起司，佩吉預估自己是再也吃不下了。接著亨利‧史匹曼也點了餐，兩人終於可以安坐享受海上的第二個夜晚。

當史匹曼夫婦等著甜點上來的時候，蘇菲‧尤斯提諾夫從隔壁空下來的桌位拖了一張椅子過來：「金愛的，看到你們真是解除了我的一大重擔！我已經叫服務生把我的甜點送到這桌來，我知道你們不會介意的。我連一分鐘都沒辦法再待在我那張桌子了，我看到你們做得很正確，選了一張小桌子。我那桌有個男的——你們不會相信的——他一開口就沒完沒了，我是說連停下來呼吸換氣都不用，他說些什麼我一點也不知道，從上湯開始我就沒在聽了。不，我錯了，只有一件事能夠讓他住嘴，就是黑色的大雪茄，他在桌子上就抽了起來——對，金愛的，放在這兒就好了，謝謝你幫我端過來——他一直抽，直到我要求他停止，但是之後他的話竟然比之前更多了。我不知道哪一種比較難以忍受，是他的話還是他的雪茄。」

史匹曼夫婦同情地看著她。「那真是太糟糕了，蘇菲，也許你可以請餐廳領班幫你換個位子。」

「相信我，我已經跟他說了，但是你們認為這有可能嗎？餐廳看起來已經擠得滿滿的了。」

「他應該可以想出辦法來的，頭等艙的用餐室又不只這一間。不管怎麼說，你總要試試看吧。」佩吉鼓勵她。

蘇菲舀起盤中最後一匙巴伐利亞草莓奶油派：「真好吃，但是太油膩了。最重要的重點是，我甚至不知道自己為什麼要吃這個派。總共有幾道菜啊？十道？十二道？一定至少有十二道。在劍橋，我從來不會點這麼多東西，如果已經點了開胃菜，我還會點湯嗎？不會。如果已經點了魚，還會點小牛肉嗎？太可笑了。還有義大利麵。你們兩個有吃義大利麵嗎？光是這道菜就有一餐的份量了。但是我，像個呆瓜一樣，全都吃了。」

「你不是呆瓜，蘇菲，妳的行為相當合理。在這邊吃得比劍橋多，是絕對說得通的。」亨利·史匹曼回應。

「的確，因為這邊的食物太好吃了。」

「不，這不是品質的問題，我們那邊也有很棒的餐廳。但是就算餐廳的品質不變，妳在船上還是會吃得比較多，這是由於相對價格的緣故——這邊餐廳裏每一樣東西的價格都是零。」

「確實，因為『海上哈佛』幫我們出錢了。」她說。

「不，不是因為校友會幫我們出錢。就算妳必須自己出這趟旅行的全額費用，在這份菜單上不管加點什麼東西，都不用多花妳一分錢。大部分的餐廳當然不是這樣，在妳決定要不要點義大利麵之前，妳會先看價格，如果妳從義大利麵獲得的滿足感，大於妳必須付出的金錢，妳就會點它。在這邊也是同樣的情況，只不過價格是零，所以只要義大利麵帶給妳的快樂超過它的價格，妳就會選這道菜，也就是只要義大利麵能夠產生一點點的滿足感，事實上是只要大於零，妳就會點它。用經濟學的術語來說就是，妳會一直吃到多吃一口的邊際效用等於零，到了這一點妳就達到了均衡。」

「我想到時候我的體重大概也達到了三百磅。」蘇菲回應。

「到了那個時候，」史匹曼的眼睛閃閃發光，「妳不只是擁有可觀的消費者剩餘，而且每個人都可以看得到它從妳身上凸出來。」

第十六章

六月十二日，星期三

晚餐結束，四間用餐室裏空無一人，乘客散布在船上各處，各自從事喜歡的活動：許多人聚集在劇院，欣賞最新的好萊塢影片，有些人喜歡在賭場流連，輪盤、二十一點、吃角子老虎是他們的最愛，還有少部分人想要體驗在大西洋上打電話給親朋好友的刺激感，另一些人則在購物長廊瀏覽雅致的商店櫥窗；但是最多人的選擇還是夜總會，在所有娛樂中獨占鼇頭。根據〈船上歡樂生活〉公告的每日活動，今晚「雙人房間」舉行的是「二〇年代之夜」，所有乘客均可參加；有著柔和燈光的女王套房則開放給頭等艙乘客跳舞至深夜。

但是這些全都不是亨利・史匹曼的選擇，每天晚餐之後的時光，是他在船上最大的享受。哥倫比亞套間提供的晚宴精緻絕倫，這位經濟學家鎮日盡情吃喝，運動量相對顯得太少，雖然每天在海水池游泳、在散步甲板快步健走、在健身房運動，加起來還是不足以抵銷他在船上有如帝王的盛宴中所攝取的卡路里。以今天為例，他在晚餐嘗到了有生以來最美味的法式肋排，午餐是溫火慢燉的頂級牛尾，早餐是烤煙燻鮭魚和英國威特夏郡產的培根。他跳過了上午點心時間的牛肉清湯還有下午茶，有沒有什麼可以作為補償的？沒有，他想。到了晚上的這個時間，他最想要的莫過於在閱覽室找一張舒服的椅子窩進去。從旅程的一開始，他就養成了每天晚上的例行習慣：慢慢享用晚餐到很晚，在甲板上散散步，然後看書看到深夜再休息。

史匹曼在決定閱讀材料時費了一番心思，他選了些在船上一起旅行的熟人所出版的著作，作者就在附近，史匹曼可以隨時請教引起他興趣的部分，或是討論他不同意的觀點，非常經濟。

但是當前第一要務是上甲板散散步。亨利·史匹曼一手扶著銘金屬欄杆向前滑動，登上了位於哥倫比亞套間出口外面的大型樓梯平台，寶石藍的地毯厚到足以淹沒他的鞋底。他用力拉開通往散步甲板的沉重門扉，走進一片黑暗的薄霧中，起初幾乎什麼都看不到，然後史匹曼漸漸辨認出，有幾個乘客的身影靠在扶手上。他往前走，經過一個躺在躺椅上的旅客，身上蓋著毯子，似乎睡著了。史匹曼的步伐輕快，有點出乎自己意料地發現，船上的生活節奏很合他的胃口，逃離了電話、留言、郵件的騷擾，感覺非常放鬆。經過上個學期的可怕事件之後，換個完全不同的環境正是醫生下達的命令；事實上對他來說，這趟旅程行進的速度還太快了，但是他知道有些人不這麼認為，韋伯夫婦就抱怨過，他們有點幽閉恐懼症的感覺，奧立佛·吳也這麼覺得，他說海景太單調了。蘇菲・尤斯提諾夫和克利斯托佛・布克哈特宣稱，他們在船上遇到的討厭鬼有點太多了些，瓦蕾蕊・唐席格遇到的人顯然有趣許多，她和史匹曼夫婦一樣，對於這趟旅程沒有什麼不適應之處。史匹曼開始走第二圈的時候，注意到天上下起了微微細雨，風勢更強了，可以感到海上吹來的浪花，氣溫似乎突然遽降，他弓起背抵禦寒氣。船在行進的感覺變得更明顯，從舷窗中流淌而出的光線，映照出灰黑色海面的千頃白色浪濤，甲板開始上下左右搖晃，強風橫掃已杳無人跡的散步甲板，史匹曼舉步維艱地逆風而行，決定在下一個出口就轉回船艙內。

他握著把手，但是呼嘯而過的風使門難以開啟，最後史匹曼終於獲勝，一陣浪花和強風伴隨著他一起進到走廊。他聽到身後的門碰地一聲很快關上，迎面而來的是船艙內溫暖的安全感，一條鋪著地毯的走道，在經過幾番曲折後，帶著他走下一段階梯，來到第四層甲板。他走進自己的房間，發現床罩上躺著一張便條，是佩吉留給他的，說她和潔西卡・克萊格還有克利斯托佛・布克哈特，三人一起去船上的戲院看電影。

經濟學家走進浴室，在洗臉盆裏放水，白色搪瓷水槽裏的水緩緩地左右晃動，這還是在旅程中頭一遭，如此清楚感受到船的晃動。這艘巨輪開進了九級的強風之中。史匹曼洗去臉上和手上殘留的鹽分，那是浪花在皮膚上留下的一層結晶，然後他回到客艙拿出準備好的讀物，從中選擇今晚要看的東西。他一本一本地檢查書名，然後把書塞進公事包裏：瓦蕾蕊・唐席格的《天才之火與繆思》、蘇菲・尤斯提諾夫的自傳作品《化合與混合：化學家的一生》、丹頓・克萊格的《美拉尼西亞風俗習慣探究》、喀爾文・韋伯的《不為人知的康拉德》、奧立佛・吳的《樂透的賭注：黑幫掌控下的都市賭博體系》，最後是《集郵搜奇》，克利斯托佛・布克哈特的著作。然後史匹曼從衣櫃裏找出雨衣、帽子、圍巾，以防萬一他想在夜晚結束之前，上甲板呼吸一些新鮮空氣。

史匹曼穿過第四層甲板的長廊，往最近的樓梯移動時，船身搖晃得更加厲害，使他不時必須停下來，抓住扶手幫助自己站穩腳步。船上的木頭部分發出響亮的嘎吱聲，陪著他一路走上後甲板，還可以聽到遠處的女王套房傳來鋼琴和柔和的小號聲。他又再爬上一段階梯，來到上層甲板，出於好奇心繞路經過玩家俱樂部休閒室，停在入口處往裏看，發現房間裏滿滿都是人。

他發現蘇菲・尤斯提諾夫坐在一台吃角子老虎機前面，一隻伸出的手上放滿了二十五分的錢幣，另一隻手快速地拉把，銅板便叮叮噹噹地直洩而下，看來她有更多的燃料可以使這台機器保持運轉了。史匹曼走過休閒室，停在與休閒室相連的賭場入口處，掃視整個房間。奧立佛・吳面無表情地坐在輪盤桌前，當他押注的號碼上堆放的籌碼被莊家收走時，吳就放上新的籌碼，看不出臉上有失望的表情。賭場裏的空氣污濁，充滿了煙味，還有一股潮濕的酒精味瀰漫，史匹曼決定離開，熟練地通過寫真廊，來到俯瞰「雙人房間」的露台，夜總會裏人聲鼎沸，氣氛到了歡樂喧鬧的高潮，乘客頭戴閃亮的金箔皇冠或塑膠「草」帽，互丟長條裝飾穗帶，響亮的小喇叭領導管弦樂團演奏著蓋西文的曲子，有著一雙長腿的女歌手不屈不撓地努力讓自己的聲音壓過群眾的喧囂，她吟唱著：

快～，我們的小船快回航，
度過無數風雨與失望，
你重回我懷抱，世界多美好，
這一天就快～到。

伊麗莎白女王二號正在穿過暴風雨的事實，即使在船艙內感覺也越來越明顯，但卻完全無損於群眾高昂的興致，浪一來整個房間往上升騰，傾斜，然後墜落，船首猛然撞擊海面。史匹曼笨拙地爬上一小段階梯，來到救生甲板，走進一條燈光變暗的長廊，樂團的音樂聲隨他漸行漸遠而變弱消失，長廊的盡頭是兩扇大玻璃門，通往位於救生甲板船尾左舷的一個房間。史匹曼緊握吱呀作響的艙板，手腳並用費勁地爬過走道，推開玻璃門，走進屬於他的聖殿。房裏空盪盪的，只有一個身影，丹頓・克萊格坐在一張柔軟的皮椅上，看見老朋友走進來，舉起一隻手打招呼，身上依舊穿著晚宴服。

史匹曼微笑回應，然後因為船頭猛地撞上洶湧的波濤而踉蹌了一下，伸手抓住椅背站穩腳跟。「啊，亨利，我一直在等你。我不相信一點風雨就能把你嚇跑，不來這個你最喜歡的清靜所在。」

「當然不會，」史匹曼回答。這間房的四面牆上鑲嵌著壁板，沿牆排列著大型扶手椅，這位經濟學家挑了一張椅子舒服地窩進去。「不論颳風下雨打雷閃電陰晴圓缺冷熱寒暑，都不能阻止這位教授以最快速度看完朋友的最新著作。」

克萊格重新讀起了新聞雜誌，史匹曼先在椅子上坐了片刻，才伸手到公事包裏取出一本書，他選了手伸進去時碰到的第一本。這本書他之前已經讀過了一些，他翻到上次停止的那一頁，起初他無法集中精神，船身的顛簸使得閱讀更加困難，之前每天晚上他也是這樣，隨手抽到哪一本就讀哪一本。

還有另外一個原因。史匹曼這次的海上旅行過得非常放鬆、愉快，但是幾個月前發生的不幸事件，不是那麼容易就能夠遠離腦海。他不斷地想到梅麗莎・雪儂，看起來似乎是個甜美可人的年輕女性，卻犯下了兩起兇殘的謀殺案，為了復仇殺害了兩個他認識的人。經濟學從不認為人的行為會永遠合乎理性，但是這種行為未免太不合理，很難理解梅麗莎・雪儂怎麼會認為謀殺兩個人之後，在總和上她的效用會增加，只因為他們投票反對她未婚夫的升等。丹尼斯・高森也曾經做過一些從史匹曼的觀點看來很愚蠢的事情，之後梅麗莎尋求報復的行動，只是使得整個情況顯得更不合理，她不太可能會認為自己不會被逮，但是也有可能她當時已經氣到根本無法清楚地思考下判斷。不合理的行為，讓史匹曼難以套入經濟學的架構來解釋，因為經濟學的基本前提就是理性。梅麗莎・雪儂的行為像是已經走火入魔，沒有任何商量的餘地，不是全有就是全無，沒有在邊際的精密計算，沒有去衡量成本效益，沒有讓步妥協，沒有任何手段技巧。經濟學處理的是正常人的偏好順序，用詩人華滋華斯的話來說就是：「斤斤計較的學問」（the lore of the nicely calculated less or more）。碰到像梅麗莎・雪儂這樣的不合理行為，對亨利・史匹曼來說是一大震撼，因為這種行為與精密計算得失的模型互相矛盾，是種完全不考慮成本的行動；梅麗莎・雪儂似乎和斤斤計較半點也扯不上邊。

伊麗莎白女王二號再度重重落下，史匹曼感覺有點反胃，房間裏的木頭部分嘎吱嘎吱響個不停，背景音樂則是外面狂風暴雨的呼嘯。經濟學家緊緊抓住椅子，打算在房間裏面走動走動，看會不會好過些。

史匹曼抓著沿牆間隔排列的桌椅穩住身體，在這個密閉的空間裏走來走去，他走到牆邊，撥開薄紗窗簾，望向外面的救生甲板左舷，但是什麼也看不見，只看到濺滿雨水的窗戶。為了趕走陰鬱的念頭和噁心想吐的感覺，他決定仔細欣賞牆上掛著的一排畫，上面畫出了藝術家眼中的冠達郵輪，其中一張畫的是巴倫嘉利亞號（Berengaria），第一艘根據皇后之名命名的冠達郵輪（巴倫嘉利亞是獅心理查的王后），也是瑪麗皇后號建成之前冠達的招牌旗艦。下一張是阿葵塔尼亞號（Aquitania），一九二〇年代風靡一時的時髦郵輪，也是最後一艘擁有四個煙囪的冠達郵輪。然後是瑪麗皇后號（Queen Mary），詩人梅斯菲爾德（John Masefield）曾經為瑪麗皇后的下水典禮寫了一首頌歌。在「船中央酒吧」工作的一個酒保告訴史匹曼，他曾經在瑪麗皇后號上工作，船身搖晃之厲害是人盡皆知，「把茶裏加的牛奶都給搖出來了」，他是這麼說的。這可不是他現在想看到的景象，史匹曼心想。下一張，伊麗莎白女王號，有史以來最大的郵輪，因為曾在二次世界大戰中服役擔任運輸艦而聞名。靠近船尾的牆上，掛著俄羅斯號的模型，史匹曼仔細端詳著船隻優美的線條，這是一艘風帆蒸汽船，一八六七年開始營運。在一扇面對甲板的窗戶附近，有座桑繆・冠達（Samuel Cunard）的半身像，史匹曼以欽佩的眼光看著銅像，他知道冠達剛起家的時候，用蒸汽船運送郵件往來大西洋兩岸，他的第一艘船，大不列顛號，在一八四〇年首度橫越大西洋，是一艘靠外輪推動航行的木製帆船。桑繆・冠達素以謹慎聞名，安全紀錄無懈可擊，冠達航運公司在和平時期從沒有因為船難造成任何一名乘客喪生。突然右舷一個大浪打來，伊麗莎白女王二號衝過浪頭時先上後下的顛簸，史匹曼衷心希望冠達的安全紀錄可以至少保持到這趟航程結束。

看完了房間內所有的展示品，史匹曼再度坐回扶手椅內，瞥了一眼手上的腕錶，晚上十一點，還有充裕的時間足夠用來讀書。亨利‧史匹曼往後靠坐，拾起放在旁邊桌上的書，再一次開始閱讀起來。克萊格的雜誌在膝上，下巴頂著胸口睡著了，從梅麗莎‧雪儂一案結束到現在，克萊格的精神狀態已經輕鬆了許多，其他所有人也漸漸放鬆。史匹曼但願自己也能讓春季班開課前發生的慘案，在腦海中慢慢變得模糊，可是不知道為什麼，這一天卻遲遲沒有來臨，在他大腦的最深處，感覺到這整件事，梅麗莎‧雪儂和丹尼斯‧高森的一切，有什麼地方不對勁。不只是因為兩個同事慘遭謀殺——光是這個事實便足以造成很深的創傷，但是時間，加上知道正義已經獲得伸張，應該有助於撫平傷痛。或許這正是重點所在。史匹曼所感受到的苦惱比其他同事都要來得強烈，因為他們沒有像他一樣感覺到正義沒有獲得伸張。審判的過程和陪審團的裁定讓他感到有所不足，可是如果要強迫他明白指出他的疑慮所在，他又做不到。他使盡渾身解數，還是找不出讓他坐立難安的精確原因，他只知道，有個模糊的記憶讓他感覺所有的事情不知怎地沒辦法緊密結合，有個小齒輪接不上。他想找出解答，於是決定在心中回顧一次這一連串的慘劇，因為沒辦法用邏輯推理解決這個問題，讓他感到自己簡直不像自己了。史匹曼靜坐著冥想，外面咆哮的風聲顯得好遠，在伊麗莎白女王二號竭力抵抗暴風雨的這一刻，只有木頭沉重的嘎吱聲打破室內的寂靜。

亨利・史匹曼決定重新回到書本上，尋求片刻逃離內心的不安。今天晚上他試著閱讀的那本書始終無法引起他的興趣，所以他把書塞回公事包，摸索著找出另外一本。他翻開上次讀到的地方，發現這個部分會是經濟學家很感興趣的材料，從他上次看到現在已經過了一段不算短的時間。

他一邊讀，一邊有種惱怒的感覺刺痛著他，在他有條理的心智中，感到有什麼地方出了錯。他考慮著不知道是不是該從頭再看一次這個部分，以便融會貫通。他往前翻了一頁……再一頁……這有可能嗎？他再次審視這幾頁，腦袋開始快速運轉……他重複地一讀再讀。

然後一切的謎底都揭曉了。

就像一幅碩大的拼圖，原本雜亂無章的事實，現在全部歸位，形成一幅有意義的圖案，每一塊拼圖都找到了各自的位置。突然之間，煩擾他的種種疑點豁然開朗，他確切無疑地肯定梅麗莎・雪儂是無辜的，她沒有殺害巴瑞和貝爾，還有，丹尼斯・高森也絕對沒有自殺，他是被謀殺的，就像巴瑞和貝爾的冷血謀殺案一樣，而且他知道兇手是誰。

這並不是一種發自內心深處的感覺，史匹曼是靠著無懈可擊的邏輯推論出兇手的身分，而這個邏輯又來自所有經濟分析中最根深蒂固的法則：消費者永遠追求效用最大化。這個命題的可信度以及驚人的預測力，在許多不同方面再三獲得證實，所以已經成為史匹曼信奉的經濟學賴以正確推理的基石。但是在他剛才所讀到的報告中，號稱有事實根據的資料，卻完全與這一條強而有力的經濟學法則背道而馳。

今天晚上他所發現的事實，整個前因後果為何雖然已經一清二楚，但是他該採取什麼行動卻還是一片模糊。他該怎麼做？他需要時間思考。閱覽室變得又熱又悶，加上船隻的顛簸，讓他感到頭暈目眩，很不舒服。到刮著強風的甲板上走一走，也許可以讓腦袋清楚些，然後他會告訴佩吉他的結論，他們兩個可以一起想出辦法來。他望向閱覽室裏的同伴，院長已經從瞌睡中醒了過來。

「你還好吧，亨利？」

「為什麼這樣問？」

「因為剛剛你全神貫注看書的時候，我湊巧往你的方向看，發現你跳了一下，好像是被什麼給嚇到了，然後你好像完全陷入自己的思考世界中。」

「我需要一點新鮮空氣，還要一點時間來整理我的思緒，然後我想要和你討論這個困擾我的問題。你還會留在這裏一段時間嗎？」

克萊格熱切地看著史匹曼：「如果你要我留我就留。有任何我可以幫忙的地方，我都願意幫你，我的朋友。認識你這麼多年，我知道這是很嚴重的事。」

史匹曼想要說些什麼，但終究沒有開口，他把書放在最近的一張桌子上，把圍巾圍在脖子上，又裹上了厚重的雨衣，把帽沿拉到耳朵上方，說：「如果你能幫我看著公事包，那就太感謝了。」然後掙扎著走出了房間。

一推開通往甲板的門，他就感到一陣驚人的強風，強勁的氣流帶進了大量的水花，嚇了史匹曼一跳。他向外走到閃著水光的潮濕甲板，聽到厚重的門扉在他背後快速闔起。史匹曼緊緊抓住扶手，狹長的救生甲板上燈光昏暗，他只能看出甲板上空無一人，隨著船身上下起伏，好像在搭電梯一樣。他凝視著大海，舷窗透出的光線，讓人可以看到墨黑的洶湧海面上，白色的怒濤呈千軍萬馬之勢湧來。他用力地深呼吸，薄霧一般的水沫隨風吹向他臉上，對提振他的精神起了驚人的效果，在閱覽室吸了好一陣子的霉味之後，他很感激能有這風的吹拂和帶著鹹味的空氣。他決心通過顛簸的甲板，一邊整理自己的腦袋，好做出艱難的決定。他小心翼翼地沿著欄杆緩緩前進，現在他可以一邊前進一邊釐清思緒，他花了將近三十分鐘才走到船頭，繞一圈回頭，沿右舷朝船尾的方向前進。他在刮著強風的散步甲板上跌跌撞撞，手腳並用地前進，圍巾在他身後狂野地飄動，除了不停衝擊的水聲之外，幾乎什麼都聽不到，腦袋裏充斥著效用最大化、謀殺等念頭，完全沒注意到時間的消逝。他還是不確定接下來該如何處理，各式各樣的計畫在他腦海中輪轉。船上有個謀殺犯，他對於這人是誰沒有絲毫的疑問，行動是必須的，一個無辜的年輕女性正在監牢裏受苦，兇手卻逍遙法外，而且有可能再度殺人。他沉浸在思緒中，不知不覺繞完了一整圈甲板，又開始了第二圈。船首再度重擊波濤，狂風怒吼。

史匹曼沒有注意到通往救生甲板的門被開啟，也沒有聽到門闔上，更沒有聽到走在他前方的腳步聲，但是之後他覺得好像看到了什麼。狹長的甲板燈光昏暗，船身向下傾斜的時候，他隱約辨識出一個人影正匆忙走向船尾，接著一個大浪打上甲板，史匹曼渾身濕透，寒意透心。他擦了擦眼睛，再度往船尾望去，眼睜睜的看著一個熟悉的身影越過欄杆，猶豫了一秒，然後發出懾人心魄的尖叫，跳進了翻騰的黑色海洋。他費盡千辛萬苦來到人影跳海的欄杆附近，用手遮在雙眼上方，凝視著船外，狂暴的海上只看得到一片無邊的黑暗。

史匹曼使勁拉開了他能找到的第一個出入口，進入一條錯綜複雜的通道，朝著閱覽室前進。他推開玻璃門四下張望，房間已經空了，丹頓・克萊格座位旁的寫字檯上，留下了兩個信封，一封署名給潔西卡・克萊格，另一封給亨利・史匹曼。經濟學家脫下濕淋淋的帽子和正在滴水的圍巾、外套，感覺所有情緒都已掏空，他坐在皮椅上，打開沒有黏著的封口，顫抖地取出裏面的信，上面是丹頓・克萊格的筆跡：

親愛的亨利：

你已經知道了，我謀殺了丹尼斯・高森、墨利森・貝爾、佛斯特・巴瑞。即使寫下了這些字，我的感覺還是非常不真實，好像我只是照著別人的口述在寫。我認識的所有人當中，亨利，你也許最能夠瞭解（雖然你一定不會同意）我的行為，我害怕自己造假被暴露的恐懼，超過為了保密而謀殺其他人的恐懼。一旦下定決心保護我自己、我的工作、我所重視的一切，我就開始以最有條理、最有系統的方法開始計畫謀殺。

殺人並不是件愉快的事，這麼做是出於必須，當時我這麼覺得，現在也還是這麼覺得，沒有第二條路。當然，我原本希望丹尼斯・高森消失之後，這一切會隨之結束。幾個月之前他來找我，非常不安的樣子，因為我那本探討美拉尼西亞的書裏面，有些數據讓他感到非常困惑。他出於一時興起開始看這本書，發現有些部分和他的研究有關，但是裏面的數據讓他百思不得其解，而且和這個領域幾乎所有經濟學家，包括他自己，所做的研究互相牴觸。一開始他來找我討論這件事，只是想把事情弄清楚，他認為自己可能誤解了我的分析，或者，最糟的情況可能是，我不小心弄錯了。但是他一開始問問題，我就慌了——我比誰都要清楚，這部應該是我職業生涯的登峰造極之作，裏面的數字其實是無中生有編造出來的。

你知道的，亨利，我早期那些人類學著作雖然獲得了一些掌聲，但是我知道如果要成為永垂不朽的人類學家，我必須創造出真正偉大的作品，值得後世傳頌引用的重要基礎研究。擔任院長佔據了太多時間，沒有那個時間精力投入世界級的研究；擔任院長也代表著權力——我喜歡掌握權力的感覺。我已經是個成功的院長，但是在人類學的領域，卻一直沒辦法獲得我所渴望的名聲與肯定。三年前我請了長假，在聖塔克魯茲群島繼續進行田野調查，我的期望是寫出一本能夠成為經典的作品，但是沒多久我就發現，我不再有那個耐心去做費時費力的觀察工作，我已經脫離人類學的研究軌道太久，我老了，老到失去了學術研究的熱忱，失去了這類工作不可或缺的要素。然後我想到可以杜撰數據，加上適當的術語，以及先前建立的聲望為基礎，還有哈佛出版的背書。

有很長一段時間，我一直害怕會被人揭穿，但是始終沒有發生，這樣的念頭也就漸漸從我腦海中消失。所以，你可以想像我有多麼震驚，當你的年輕同事拿著我的作品來質疑我，我根本毫無準備，回答不出問題的我洩露了自己的祕密，他發現了。

後來他又來找我交換條件，如果我支持他的升等，他就不會揭穿我的祕密。這當然是種勒索的行為，但是我卻欣然接受，或至少我讓他相信我接受了，因為我必須安撫他，以免他向別人透露他的疑心。當然我知道這樣的交易只能夠拖延時間，無法保證長久平安，勒索別人的人鮮少就此滿足，丹尼斯・高森會從此支配我的生活，除了讓他永久消失以外別無他法。

我的腦海裏很快有個計畫成形，要讓這件事看起來像是自殺，動機是因為沒有獲得升等過於失望。如你所知，身為院長，有必要的話我可以駁回教評會的投票結果，雖然這種情況並不常見，但是我決定如果高森的升等通過，我就要這麼做。結果是沒有那個必要，我只需要執行裁決，就否決了他的升等。教評會結束審議的那一天，我打了一封信給他，通知他獲得升等。時間是很重要的，我必須確定他不會從你或委員會其他人那邊得到消息，知道他被否決的事，所以我讓快遞在當天深夜送信給他，搶在真正的結果外洩之前，同時我要求和他私下單獨會面，一方面是為了恭喜他，一方面是為了鞏固我們的協議。對高森而言，這是個值得慶祝的時刻。我用針筒注射麻藥，用K他命使他失去意識，這種藥品是我在島上學到的，有個醫生用K他命做麻醉藥。高森馬上就昏倒了，我把他拖到車上，在排氣管接上管子，弄成自殺的樣子。K他命的好處是不會壓迫呼吸，所以高森可以正常呼吸，如此一來就算萬一要驗屍，也會在他的血紅素裏面發現一氧化碳。我回收了寫給他的信（他甚至還沒打開看過！），換上正式的通知，然後用他的打字機打了一封遺書。

你可能很驚訝，我做這些事的時候並沒有感到什麼懊悔或良心不安，我自己也很驚訝自己竟然沒有自責悔恨的感覺。我只是做了該做的工作，另一條路——看著我的科學成就毀於一旦——我連想都不敢想。

但是我還不能完全放心。在你家的時候，我得知了高森試圖接觸佛斯特・巴瑞，那是在我們達成協議之前。然後在教評會上，我又發現他也和貝爾有接觸，我無法確定這兩個人是不是真的像自己說的那麼一絲不苟，完全沒有聽高森說了什麼，貝爾還承認接到一封高森的信，這封信毫無疑問會提到我詐欺的事。所以我必須盡快剷除貝爾，儘管他宣稱不管高森寫了什麼，他都不打算看。巴瑞也必須消失。我很幸運，這兩個人都投票反對高森的升等，要讓警方以為他們的死和高森的自殺有關並不難，整件事看起來就像是在對投票反對高森的人復仇，這也是為什麼我要洩露投票的結果。你的派對則讓我有機會偷到梅麗莎・雪儂的手套，好嫁禍給她。殺這兩個人的過程很簡單，我知道巴瑞的俱樂部什麼時候休息，他會在家吃飯，我也知道貝爾家的生活習慣和作息——採用突襲的策略會更好。我很輕易地就從貝爾的房間收回了高森的信。

梅麗莎・雪儂被判刑之後，我以為危險已經過去了，這趟海上旅行紓解了我過去許多個月來的緊張情緒。我注意到你在看書，也看到你突然坐得筆直。你離開閱覽室之後，我看了你留下的那本書，發現你看的正是引起高森懷疑的那幾頁。我還是不瞭解，為什麼經濟學家會發現我假造數據，但是我知道你已經發現了。被大家發現我是個騙子，超出我所能承受，甚至比被發現我是個殺人兇手還要難受。亨利，曾經有短暫的一刻我想過要殺了你，好保護我的名聲，但是遲早我的詐欺行為又會被另一個無意間翻開這本書的史匹曼，或另一個丹尼斯・高森發現，我已經走投無路了。這一次又是只剩一條路可走。

我另外寫了一封私人信函給潔西卡。我知道你和佩吉會成為她的精神支柱幫助她的。

摯友

丹頓・克萊格　上

第十七章

六月十三日，星期四

亨利・史匹曼知道船在前進，但是聽不到引擎聲，也感覺不到推進器的震動，燦爛的陽光照耀蔚藍的海面，像是德州的公路一片平坦。這艘冒著蒸汽的船，正以超過時速二十八海浬的速度往東行進，明天就可以抵達南漢普頓。

「但我還是不瞭解，你怎麼能夠從紅色羽毛和獨木舟和山芋、豬，就看出克萊格是個騙子。我是說，一條獨木舟價值三百條羽毛帶或一百萬條有什麼差別？我不懂。如果我看到這些東西，我會說：『好，如果克萊格這麼說，那就一定是這樣。這有什麼？他是人類學家嘛。』不管怎麼說，這些東西可能是任何價格，不是嗎？」蘇菲・尤斯提諾夫一邊說話一邊揮舞著手臂，眼睛因為驚訝而瞪得老大。

矮小的經濟學家站在講台上，聽了她的問題之後露出笑容。他們現在在Q4套房，位於後甲板靠近船尾的區域，傍晚供頭等艙乘客做小型夜總會使用，白天是橋牌和西洋雙陸棋的教學場地，非常適合用來舉行小型的討論會，而這正是亨利・史匹曼現在正在進行的。他知道一旦丹頓・克萊格自白的內容和自殺的消息傳出，這段旅程剩下的時間他將會不得安寧，如果可以邀請所有朋友私下聚會，讓他一次解釋清楚昨天晚上發生的事件，可以省下許多口舌。為此，他向船長徵得同意使用這間套房，所以蘇菲・尤斯提諾夫、瓦蕾蕊・唐席格、奧立佛・吳、克利斯托佛・布克哈特、喀爾文・韋伯等人現在全都坐在講台的周圍。

「這就是重點所在，蘇菲，價格不是隨意決定的。物品的相對價格——即一個商品和另一個商品的價格之間的關係——由經濟力量決定，這些力量對價格所產生的影響，可以透過經濟理論預測。」

「但是亨利，」奧立佛・吳的手在半空中揮舞，感覺自己像是回到了大學時代，正試著引起教授的注意：「為什麼消費者效用最大化的理論，會和一樣商品與其他商品的相對價格有關係？你用報紙販售機做例子解釋的時候，我以為我已經完全瞭解效用理論，但是在這邊我卻看不出有什麼相關性。」

「我也是如墜五里霧中，」瓦蕾蕊・唐席格承認，「為什麼丹尼斯・高森看到書裏的數據之後，會懷疑克萊格造假？」

史匹曼聳了聳肩。「引起高森注意的，一定是因為克萊格記錄的聖塔克魯茲群島那些商品的價格，和高森根據經濟學知識推斷出的價格有落差；我在看到這個衝突之處的時候，沒有馬上聯想到其中的含意，雖然在李奧納・柯斯特告訴我高森死訊的那一刻我就應該想到了。」

這次輪到喀爾文・韋伯感到大惑不解：「為什麼是那一刻呢，亨利？」

「因為就在那一刻，我剛好正在看克萊格所寫的聖塔克魯茲群島各種商品的價格表，但是我因為心煩意亂，所以什麼也沒想到。然而這些數字還是進入了我的潛意識中，所以我對丹尼斯・高森的事件幾乎馬上就感到模糊地不對勁，舉例來說，我從不相信梅麗莎・雪儂有罪。我第二次看到這些數字的時候，感覺就像黑暗之中亮起了一盞燈，那是昨天晚上在閱覽室發生的事，所有疑團都解開了。」

史匹曼停了一下，繼續說：「根據克萊格的敘述，山芋是島民飲食中可以見到的一項並不昂貴的商品，獨木舟則很昂貴，其價格佔一個家庭總收入的很大一部分。我會發現丹頓・克萊格是兇手，是因為聖塔克魯茲群島的山芋價格差異，和獨木舟的價格差異比起來相對較小。山芋價格在四到五條羽毛帶之間，也就是差異為一條羽毛帶。獨木舟的價格在七百八十到一千一百條羽毛帶之間，也就是三百二十條羽毛帶的差異——所以獨木舟的價格差異為百分之四十一，而山芋的價格差異為百分之二十五。但是根據消費者效用最大化理論，這兩個數字應該倒過來才合理，山芋的價格差異相對來說應該大於獨木舟才對。這是根據效用最大化理論可以推論得出的結果。」

「呃，亨利，我要自首。我一直堅持效用最大化是沒有預測能力的循環論證，所以應該對你剛才的話格外印象深刻。」瓦蕾蕊・唐席格靠坐在椅子上，雙臂交疊在胸前，「然而，我看不出你一直強調的，價格差異和追求效用最大化的行為之間，有什麼關連。我想這也是我們之中大部分人所急於瞭解的。」

「那麼我就把其關連性再說得更清楚一點。」從尋常的經濟學命題中，引伸出前所未見的意涵，這樣的挑戰正是史匹曼的拿手好戲。「如果聖塔克魯茲的島民要追求效用最大化的話，他們在搜尋商品的時候，會一直找到多拜訪一個賣家的成本相當於預期可能節省的金額為止，在這個時候美拉尼西亞人，或不管任何人，不會再去尋找新的賣家，而是會向截至目前為止報價最低的賣家購買，一定是這樣。如果多跑一個村莊找賣家，平均來說省下的錢高於拜訪這個村莊所需的成本，那麼島民就可以因為多跑這一趟而獲利。反過來說，如果多拜訪一個村莊所需的成本高於可能獲得的利益，那麼島民獲利的方式就是不要跑這一趟。」

「目前為止沒有問題。」瓦蕾蕊・唐席格說，其他人跟著點頭，史匹曼繼續往下說。

「我們也可以預測，在購買高價商品，例如獨木舟的時候，美拉尼西亞人會花更多的時間搜尋更低的價格，但如果是時常需要的低價商品，例如一籃山芋，就不會花這麼多時間。買獨木舟的時候省下百分之一，可能相當於十條紅色羽毛帶；如果是山芋的百分之一，那麼省下的可能只有同樣等級的十分之一條紅色羽毛帶。所以我們可以預期，一般島民在購買獨木舟的時候，會比購買山芋時花更多的時間尋找更低的價格。因為如此，賣獨木舟的人如果定價和競爭對手比起來相對較高，就會發現許多顧客會繼續前往別的地方尋找更好的價格；賣山芋的人就不是這樣，顧客會比較願意放棄搜尋，因為多問一家能夠省下的價格相對較少。」

「讓我舉個比較切身的例子。去年底的時候，我花了將近整天的時間選購新車，如果是購買廚房用的小東西，我是絕對不會花上那麼多時間的。只要能夠找到一家車商願意再多給一點折扣，甚至只要比之前多一點點，多花的時間就是值得的，但是買水果刀就不是這樣，就算打個五折吧，我也不會願意開一大段路到城市的另一頭去買一把水果刀。如果是買新車，就算是百分之一的折扣也值得爭取。現在有數百萬客人有著同樣的行為模式，結果就是消費者的購物行為使得車價保持在相當小的差異範圍內，但是水果刀就不會這樣。這是波士頓地區的現象，也是聖塔克魯茲群島市場上的現象。因此消費者追求效用最大化的原理，不可避免會導向預測聖塔克魯茲群島的山芋價格差異應該大於獨木舟的價格差異。但是克萊格的數據顯示了什麼？顯示了正好相反的模式。這只有兩個可能：效用最大化的理論是錯的，或克萊格的數據是假的。面對這個選擇題，沒有經濟學家會有絲毫的遲疑。」史匹曼暫停等待發問，沒人有問題，所以他繼續說：

「獲得克萊格造假的結論之後，我想起了丹尼斯・高森拼命想見我的事情，現在看來他的理由變得很明顯。我也想通了，克萊格有很強的動機希望除掉高森，然後我又想到克萊格知道高森曾經試圖接觸貝爾和巴瑞。於是我破解了這一連串事件的整個真相，瞭解了是什麼造成這麼大的痛苦。這一部分的故事克萊格在給我的信裏已經補充說完——但這是警方要處理的事了。」

第十八章

八月二十九日，星期四

亨利・史匹曼站在辦公室窗前，看著窗外灰色的雨幕，大片大片地落在下面的草地和人行道上。他在窗前靜靜地待了一段時間，然後轉身面向書桌，桌上寫了一部分的課程大綱，正等著他繼續完成。

今年秋天他同意加開一門課程，一門他已經超過二十年以上沒有教過的課程；在漫長的期間裏，他一直把全副心力放在研究所的教學，站在經濟學領域的最前端，帶領學生探索他自己和其他學者的最新研究成果。現在他認為，如果可以嘗試教導剛踏進這個領域的學生，傳授他們經濟學的基本知識，應該會很有樂趣。他向李奧納・柯斯特要求分配一門經濟學原理的課給他，只限開放三十名學生，由史匹曼全權負責。系上抱著感激的心情接受了史匹曼的請求，因為經濟系和其他某些科系一樣，大學部的學生因為希望獲得更多接觸哈佛明星教授的機會，常常對系上提出批評。

這位經濟學教授再次坐在桌前，重新仔細閱讀自己寫在黃色便條紙上的內容。經濟學史上具有創見的著作，和標準的入門教科書穿插交錯，史匹曼認為這樣的安排，可以幫助學生瞭解經濟學如何發展至今日的形式，也可以避免學生誤以為所有經濟學觀念都是最近才產生的。

這位個子矮小的經濟學家全神貫注於規劃課表，以致沒有聽到門上的輕響，第二次比較大聲的敲門聲，才使他抬起頭，出聲請訪客進來。進來的是系上一位祕書：「不好意思，史匹曼教授，我不想打擾您，但是我想我應該馬上把這封信交給您，這是剛才院長辦公室送來的，上面寫著『本人親啟，極機密』。」

「沒關係，西爾達，非常感謝妳。」他伸手接過信封，等祕書離開，抽出裏面的備忘錄，還沒來得及開始看，電話就響了起來，是佩吉打來的。

「亨利，我只是要提醒你，派蒂大概再一個小時就會從費城回到家。她說她帶了些香檳，慶祝她在動物園獲得升遷。」

「恐怕我不能出席你們的慶祝了，我的課程大綱才完成了一半，而且我必須在明天早上之前送去打字，才能趕上第一天上課。」

「但是亨利，派蒂會很失望的。」

「我想她會瞭解的，」亨利・史匹曼回答。「我可能很晚才會到家，所以你跟派蒂說，我明天見到她再好好地恭喜她。」他把聽筒放回原位，重新回到院長的聯合通知，被通知的人包括瓦蕾蕊・唐席格、亨利・史匹曼、蘇菲・尤斯提諾夫、喀爾文・韋伯。

主旨：教授升等與終身職評鑑委員會

為維持政策之一貫，延續去年之升等評鑑傳統，本人在此敦促各位再度為教評會效力。除上述人等以外，本人將另行遴選三名新任委員，補足委員會之缺額。儘管如此，如果各位有人意欲讓賢，本人亦可完全理解。請在十天之內告知您的決定。

底下的簽名是：院長，奧立佛・吳

亨利・史匹曼拿著紙條看了好一陣子。一股鬱悶的愁思襲上心頭，痛苦的回憶席捲而至。他再度起身離開書桌，走到窗前看著灰色的雨幕飛濺而下。他想到了丹頓・克萊格的悲劇，還有丹尼斯・高森、佛斯特・巴瑞、墨利森・貝爾的悲慘命運，他們死亡的事實，讓他想到了自身的脆弱，以及終究難免一死的命運。他發現對他而言，時間的邊際效用開始飛速增加。

他的思緒轉向派蒂和佩吉，然後一段無關的記憶插入：凱因斯晚年曾經被問到是否有任何遺憾，這位經濟學教主的回答是：「只有一個。就是我沒有多喝點香檳。」

亨利．史匹曼唇間掠過一抹淺淺的微笑，他從衣帽架上拿起了雨衣和雨傘，離開辦公室回家去。

附註

伊麗莎白女王二號是一艘真實存在的船，也是世界上碩果僅存的大型郵輪之一——在此祝女王長青，駛得萬年船！但本書所描述發生在船上的事件，完全屬於虛構。除此之外，哈佛大學所有教職員工，均與書中所述一切事件毫無牽連，本書全部內容純屬想像力之產物。

經濟新潮社 〈自由學習系列〉

書　號	書　　名	作　　者	定價
QD1001	**想像的力量：**心智、語言、情感，解開「人」的祕密	松澤哲郎	350
QD1002	**一個數學家的嘆息：**如何讓孩子好奇、想學習，走進數學的美麗世界	保羅・拉克哈特	250
QD1003	**寫給孩子的邏輯思考書**	苅野進、野村龍一	280
QD1004	**英文寫作的魅力：**十大經典準則，人人都能寫出清晰又優雅的文章	約瑟夫・威廉斯、約瑟夫・畢薩普	360
QD1005	**這才是數學：**從不知道到想知道的探索之旅	保羅・拉克哈特	400
QD1006	**阿德勒心理學講義**	阿德勒	340
QD1007	**給活著的我們・致逝去的他們：**東大急診醫師的人生思辨與生死手記	矢作直樹	280
QD1008	**服從權威：**有多少罪惡，假服從之名而行？	史丹利・米爾格蘭	380
QD1009	**口譯人生：**在跨文化的交界，窺看世界的精采	長井鞠子	300
QD1010	**好老師的課堂上會發生什麼事？**——探索優秀教學背後的道理！	伊莉莎白・葛林	380

經濟新潮社 〈經濟趨勢系列〉

書號	書名	作者	定價
QC1001	**全球經濟常識100**	日本經濟新聞社編	260
QC1003X	**資本的祕密**：為什麼資本主義在西方成功，在其他地方失敗	赫南多・德・索托	300
QC1004X	**愛上經濟**：一個談經濟學的愛情故事	羅素・羅伯茲	280
QC1014X	**一課經濟學**（50週年紀念版）	亨利・赫茲利特	320
QC1016X	**致命的均衡**：哈佛經濟學家推理系列	馬歇爾・傑逢斯	300
QC1017	**經濟大師談市場**	詹姆斯・多蒂、德威特・李	600
QC1019X	**邊際謀殺**：哈佛經濟學家推理系列	馬歇爾・傑逢斯	300
QC1020X	**奪命曲線**：哈佛經濟學家推理系列	馬歇爾・傑逢斯	300
QC1026C	**選擇的自由**	米爾頓・傅利曼	500
QC1027X	**洗錢**	橘玲	380
QC1031	**百辯經濟學**（修訂完整版）	瓦特・布拉克	350
QC1033	**貿易的故事**：自由貿易與保護主義的抉擇	羅素・羅伯茲	300
QC1034	**通膨、美元、貨幣的一課經濟學**	亨利・赫茲利特	280
QC1036C	**1929年大崩盤**	約翰・高伯瑞	350
QC1039	**贏家的詛咒**：不理性的行為，如何影響決策	理查・塞勒	450
QC1040	**價格的祕密**	羅素・羅伯茲	320
QC1041	**一生做對一次投資**：散戶也能賺大錢	尼可拉斯・達華斯	300
QC1043	**大到不能倒**：金融海嘯內幕真相始末	安德魯・羅斯・索爾金	650
QC1044	**你的錢，為什麼變薄了？**：通貨膨脹的真相	莫瑞・羅斯巴德	300
QC1046	**常識經濟學**：人人都該知道的經濟常識（全新增訂版）	詹姆斯・格瓦特尼、理查・史托普、德威特・李、陶尼・費拉瑞尼	350
QC1047	**公平與效率**：你必須有所取捨	亞瑟・歐肯	280
QC1048	**搶救亞當斯密**：一場財富與道德的思辯之旅	強納森・懷特	360
QC1049	**了解總體經濟的第一本書**：想要看懂全球經濟變化，你必須懂這些	大衛・莫斯	320
QC1050	**為什麼我少了一顆鈕釦？**：社會科學的寓言故事	山口一男	320

經濟新潮社 〈經濟趨勢系列〉

書　號	書　　名	作　　者	定價
QC1051	**公平賽局**：經濟學家與女兒互談經濟學、價值，以及人生意義	史帝文・藍思博	320
QC1052	**生個孩子吧**：一個經濟學家的真誠建議	布萊恩・卡普蘭	290
QC1053	**看得見與看不見的**：人人都該知道的經濟真相	弗雷德里克・巴斯夏	250
QC1054C	**第三次工業革命**：世界經濟即將被顛覆，新能源與商務、政治、教育的全面革命	傑瑞米・里夫金	420
QC1055	**預測工程師的遊戲**：如何應用賽局理論，預測未來，做出最佳決策	布魯斯・布恩諾・德・梅斯奎塔	390
QC1056	**如何停止焦慮愛上投資**：股票＋人生設計，追求真正的幸福	橘玲	280
QC1057	**父母老了，我也老了**：如何陪父母好好度過人生下半場	米利安・阿蘭森、瑪賽拉・巴克・維納	350
QC1058	**當企業購併國家（十週年紀念版）**：從全球資本主義，反思民主、分配與公平正義	諾瑞娜・赫茲	350
QC1059	**如何設計市場機制？**：從學生選校、相親配對、拍賣競標，了解最新的實用經濟學	坂井豐貴	320
QC1060	**肯恩斯城邦**：穿越時空的經濟學之旅	林睿奇	320
QC1061	**避稅天堂**	橘玲	380

經濟新潮社 〈經營管理系列〉

書號	書名	作者	定價
QB1097	**我懂了！專案管理**（全新增訂版）	約瑟夫・希格尼	330
QB1098	**CURATION策展的時代：** 「串聯」的資訊革命已經開始！	佐佐木俊尚	330
QB1099	**新・注意力經濟**	艾德里安・奧特	350
QB1100	**Facilitation引導學：** 創造場域、高效溝通、討論架構化、形成共識，21世紀最重要的專業能力！	堀公俊	350
QB1101	**體驗經濟時代**（10週年修訂版）： 人們正在追尋更多意義，更多感受	約瑟夫・派恩、 詹姆斯・吉爾摩	420
QB1102	**最極致的服務最賺錢：** 麗池卡登、寶格麗、迪士尼都知道，服務要有人情味，讓顧客有回家的感覺	李奧納多・英格雷利、麥卡・所羅門	330
QB1103	**輕鬆成交，業務一定要會的提問技術**	保羅・雀瑞	280
QB1104	**不執著的生活工作術：** 心理醫師教我的淡定人生魔法	香山理香	250
QB1105	**CQ文化智商：**全球化的人生、跨文化的職場 ——在地球村生活與工作的關鍵能力	大衛・湯瑪斯、 克爾・印可森	360
QB1106	**爽快啊，人生！：** 超熱血、拚第一、恨模仿、一定要幽默 ——HONDA創辦人本田宗一郎的履歷書	本田宗一郎	320
QB1107	**當責，從停止抱怨開始：**克服被害者心態，才能交出成果、達成目標！	羅傑・康納斯、 湯瑪斯・史密斯、 克雷格・希克曼	380
QB1108	**增強你的意志力：** 教你實現目標、抗拒誘惑的成功心理學	羅伊・鮑梅斯特、 約翰・堤爾尼	350
QB1109	**Big Data大數據的獲利模式：** 圖解・案例・策略・實戰	城田真琴	360
QB1110	**華頓商學院教你活用數字做決策**	理查・蘭柏特	320
QB1111C	**V型復甦的經營：** 只用二年，徹底改造一家公司！	三枝匡	500
QB1112	**如何衡量萬事萬物：**大數據時代，做好量化決策、分析的有效方法	道格拉斯・哈伯德	480

經濟新潮社 〈經營管理系列〉

書號	書名	作者	定價
QB1114	**永不放棄：**我如何打造麥當勞王國	雷・克洛克、羅伯特・安德森	350
QB1115	**工程、設計與人性：**為什麼成功的設計，都是從失敗開始？	亨利・波卓斯基	400
QB1116	**業務大贏家：**讓業績1＋1＞2的團隊戰法	長尾一洋	300
QB1117	**改變世界的九大演算法：**讓今日電腦無所不能的最強概念	約翰・麥考米克	360
QB1118	**現在，頂尖商學院教授都在想什麼：**你不知道的管理學現況與真相	入山章榮	380
QB1119	**好主管一定要懂的2×3教練法則：**每天2次，每次溝通3分鐘，員工個個變人才	伊藤守	280
QB1120	**Peopleware：**腦力密集產業的人才管理之道（增訂版）	湯姆・狄馬克、提摩西・李斯特	420
QB1121	**創意，從無到有**（中英對照×創意插圖）	楊傑美	280
QB1122	**漲價的技術：**提升產品價值，大膽漲價，才是生存之道	辻井啟作	320
QB1123	**從自己做起，我就是力量：**善用「當責」新哲學，重新定義你的生活態度	羅傑・康納斯、湯姆・史密斯	280
QB1124	**人工智慧的未來：**揭露人類思維的奧祕	雷・庫茲威爾	500
QB1125	**超高齡社會的消費行為學：**掌握中高齡族群心理，洞察銀髮市場新趨勢	村田裕之	360
QB1126	**【戴明管理經典】轉危為安：**管理十四要點的實踐	愛德華・戴明	680
QB1127	**【戴明管理經典】新經濟學：**產、官、學一體適用，回歸人性的經營哲學	愛德華・戴明	450
QB1128	**主管厚黑學：**在情與理的灰色地帶，練好務實領導力	富山和彥	320
QB1129	**系統思考：**克服盲點、面對複雜性、見樹又見林的整體思考	唐內拉・梅多斯	450
QB1130	**深度思考的力量：**從個案研究探索全新的未知事物	井上達彥	420

國家圖書館出版品預行編目資料

致命的均衡：哈佛經濟學家推理系列／馬歇爾·
傑逢斯（Marshall Jevons）著；葛窈君譯. --
二版. -- 臺北市：經濟新潮社出版：家庭傳媒
城邦分公司發行, 2016.06
面；　公分. --（經濟趨勢；16）
譯自：The fatal equilibrium
ISBN 978-986-6031-87-8（平裝）

874.57　　105009052